봄 그 후 5년

안승빈 장편소설

말에 대해서, 별들에 대해서
생명에 대해서, 기억에 대해서
그리고 사람에 대해서, 이 모든 것
그리고 상담이 이야기가 되었고
소설이 되었다

청어

그 봄
5년 후

작가의 말

상담실 테이블 건너편에 앉은 내담자가 자신의 이야기를 나지막이 털어놓는다. 상담자는 잠자코 듣고 있다가 그동안 내담자가 조심스럽게 보호해 온 마음 상처의 딱지를 부드럽지만, 주저 없이 떼어버린다. 뜻밖의 공격에 왈칵하고만 내담자는 눈물과 콧물을 훔치기 시작한다. 이때 모든 것을 다 이해한다는 다정다감한 표정을 유지하며 되도록 천천히, 여유 있게 내담자에게 화장지 상자를 건네며 비로소 상담자로서의 존재감을 느끼던 초보 상담자 시절이 있었다.

영리를 목적으로 하는 직장 생활은 늘 결과물을 원했고 추상적인 숫자와 통계로 평가받았다. 그런 무정서의 디지털 생활이 싫어 사람을 살리겠다고 인생의 전향을 감행했다. 하지만 심리상담도 기대와는 달리 마찬가지로 질보다는 양, 그리고 5점 척도의 만족도 점수를 요구했다.

더할 나위 없이 아름답게 마무리한 상담도 5점 혹은 1점이었고, 완전히 망한 사례일지라도 이따금 자애로운 내담자 덕에 같은 5점을 얻을 수 있었다. 그래서 그랬는지도 모르겠다. 내담자 100명이 흘린 진정한 치유의 눈물방울을 유리병에 가득 채우면 위대한 상담자의 반열에 오를 수 있다는 환상 속 목표를 설정했을지도….

　이제 시작한 글쓰기는 내게 또 어떤 숫자를 요구할지 두렵다.

　내담자 100명의 눈물 속에 탄생하는 상담자 신화를 별 뚜렷한 계기도 없이 벗어나자 내담자 각자가 자신의 삶에 대한 선한 주인이라는 믿음이 상담의 원동력을 대신했다. 이 깨달음 또한 전적으로 올바른 것은 아닌 줄 안다. 그러나 그 믿음은 도통 답이 보이지 않는 상담에서 내가 끝까지 포기하지 않도록 돕는 유일한 버팀목이었다. 혹시 나를 마지막이라고 다짐하고 찾아온 이에게 지지부진한 상담의 책임을 돌릴 수는 없는 노릇이었다. 이 믿음이 있어 내담자를, 그리고 사람들을 조금 더 지켜보고 기다리는 것이 가능했다. 물론 그 조금이 조금 어렵다는 건 사실이다. 덕분에 굳이 각 잡고 마주 앉아 서로를 탐색하는 데 온 힘을 쏟지 않고도 시간을 갖고 소통할 수 있게 됐다. 그리고 누구라도 그런 경험을 할 수 있다는 것을 나누고 싶어 책을 쓰기로 했다.

　한국인들에게 더는 이국적이거나 특별하다고 할 수 없는 몽골의 푸른 초원.
　보통의 아버지와 아들들.
　그리고 말(馬), 별(星), 불(火).
　이쯤 되면 저절로 힐링 할 수 있는 조건이 갖추어졌다.
　생소한 경험과 육체적 피곤함, 느릿한 시간, 실재적 위험.
　이곳에서 서로에 대한 믿음과 의지가 성장한다. 자연스럽게 대화는 상담이 되고 상담은 따뜻한 위로가 된다.
　말에 대해서, 별들에 대해서, 생명에 대해서, 기억에 대해서 그리고 사람에 대해서. 이 모든 것, 그리고 상담이 이야기가 되었고 소설이 되었다.

　이 글이 거친 광야를 함께 달려 준 친구들과 아들들에게 좋은 기록이 되길 염원한다.

　　　　　　　　　　바이러스에 계절을 뺏긴 다시 그 봄에
　　　　　　　　　　　　　　　　　　　　안승빈

차례

프롤로그

아무리 잊으려 발버둥 쳐도 끈질기게 비집고 나오는 기억
과 떠올리려 안간힘을 써도 여전히 잠겨있는 기억 중 어느
것이 사람을 더 미치게 만드는 걸까?

1일 2019년

    8월 한여름 서울의 폭염과 물기를 잔뜩 머금은 공기와는 사뭇 다른 참참하고 풋풋한 몽골의 새벽 공기를 만나는 것만으로도 만족스러웠다. 칭기즈칸 국제공항에 도착한 시간은 새벽 5시가 다 되었을 때였다. 비행기에서 내려다본 깊은 밤 대륙의 메마른 대지는 불빛이란 찾아볼 수 없는 그저 검은 바다였다. 그 검은 심연은 그해에 왜 아내와 헤어지게 되었는지를 떠올리려는 내게 충분한 공간을 마련해 주었다. 그러나 그 기억은 텅 빈 공간이었다. 비행 내내 어렴풋한 과거의 기억을 떠올리려는 헛수고로 잠을 이루지 못했기에 정신이 약간 멍한 상태로 비행기에서 내렸다. 새벽임에도 긴 대기 줄에 지칠 대로 지쳐 입국 수속을 마치고 입국장으로 빠져나오자 내 이름이 적힌 푯말을 든 자그마한 몸집의 여자가 우리 일행을 마중 나와 있었다. 간단히 나의 이름만을 확인한 채 그의 이름마저 물을 경황도 없이 준비된 차량에 올라탔다.

    여행 시작을 며칠 앞두고 갑자기 닥친 혼란한 과거의 기억들이 미처 정리되지 않은 채 마음을 심란하게 하는 바람에 여행지에서의 첫발이 그리 산뜻하지는 못했다. 우선 방해받지 않고 쉬고 싶은 마음이 컸다. 덕분에 캠프로 가는 동안 차창 밖의 여명에 희미하게 보이는 능선의 굴곡이나, 동승자의 간단한 얘기에도 주의를 기울이지 못하고 눈을 감고 있었다. 다행히 다들 잠이 덜 깬 상태라 개의치 않았다. 상만이는 한국에서와는 달랐다. 여전히 말은 없었지만 피곤한 기색도 없이 평화로운 표정으로 내내 창밖의 풍경을 주시했다. 드넓은 평원을 상대적으로 가늘게 가로지르는 검은 포장도로는 얼마 가지 못해 덜컹거리는 비포장도로로 바뀌었다. 차는 온몸이 흔들리는 비포장도로에서도 전혀 속도를 줄이지 않고 30분을 더 달려 외딴 캠프에 우리를 내려놓았다.

반수면 상태인 일행들이 주섬주섬 당장 필요한 물건만 대충 챙겨 배정받은 숙소로 가 침대에 몸을 던졌다. 9시 아침 식사 때까지 무조건 잠을 청하기로 했다. 날은 어슴푸레 밝아오고 있었지만 다만 짧게라도 눈을 붙일 수 있겠다 싶었다. 좁은 침대에 누웠으나 여전히 명확하지 않은 혼란한 과거의 기억과 앞으로 만나게 될 사람들, 닥칠 일들을 상상하느라 피곤한 몸과는 달리 잠을 이룰 수 없었다. 짧은 뒤척임 끝에 결국 잠을 포기하고 상만이가 깨지 않도록 조심히 일어나 숙소 문을 열고 나섰다.

이미 여름의 이는 해는 완선이 노늡을 드러냈나. 문을 열자 기다렸다는 듯이 시야 가득 푸르름이 한껏 밀려 들어왔다. 보이는 곳 모두가 윈도 바탕화면이었다. 도시의 화려한 색채의 향연에 무뎌지거나, 보이는 공간 가득한 희뿌연 미세먼지에 움츠러들었던 시각세포가 기지개를 켜고 활성화되는 느낌이었다. 그늘 하나 없는 초원 위 하늘로 이따금 구름 한 점이 지나갔다. 구름 그림자가 나뭇잎 배가 되어 땅의 높낮이를 따라 굴곡져서 초록 강물을 떠다니듯 천천히 흘러갔다. 자연스럽게 깊은 심호흡을 하면서 이 생경한 초록과 파랑의 향연을 망막 가득 맺히도록 했다. 신선한 공기를 영접한 폐보다는 높이 자리 잡고 있는 눈이 더 빨리 반응했나 보다. 공항에서 30분 남짓 떨어진 곳에 이런 순전한 자연이 펼쳐지다니 그저 놀라울 따름이었다. 마침 황사장과 김목수도 문을 열고 나와 한껏 기지개를 켰다.

"잠이 안 오지? 외지고 자연 속이라 조용하지 싶었는데 그렇지 않구만. 말 뛰어다니는 소리며, 이 소리는 뭐야 픽픽거리는 거?"

김목수가 눈을 비비며 묻는다.

"그러게. 말이 저렇게 몰려서 뛰어다니니 궁금해서 견딜 수가 없네."

황사장이 스트레칭하면서 대꾸했다.

"그래도 좋네. 눈이 아주 시원해."

14

나중에 깨달은 사실이지만 몽골의 여름 초원에는 배경음향이 끊이지 않는다. 하루 종일 마치 잔디밭에 물 뿌리는 스프링클러의 '픽픽'하는 소리가 이어지는데 풀벌레들이 짝짓기를 위해 이성을 유혹하는 소리라고 한다. 작은 새만큼이나 큰 풀벌레가 날아다니며 저런 우렁찬 소리를 만들어 낸다.

가파른 초록의 언덕은 공기가 깨끗해서인지 마치 벽처럼 눈앞까지 바싹 다가와 섰다. 초록의 언덕, 파랑의 하늘과 감동적인 첫 만남의 흥분을 가라앉히고 천천히 주위를 둘러보자 푸른 언덕 중간중간 마시멜로같이 점점이 박힌 하얀 게르들이 정겨웠다. 그 중 언덕 중턱에 자리한 가장 큰 게르가 식당이라고 했다. 식당 맞은편으로 가파르게 올라간 언덕에는 20마리 정도 되어 보이는 말들이 나무 말뚝 사이를 연결한 줄에 묶인 채 날파리 떼의 공격을 방어하기 위해 쉴 새 없이 머리와 꼬리를 흔들며 정렬해 있었다.

통나무집 난간에 앉아 한동안 경치에 정신이 팔려 있는데 새벽에 우릴 마중 나왔던 그가 지나가며 인사를 보내왔다. 공항과 차 안에서는 통성명도 못해 미안하다고 사과했다.

"난 빈이라고 불러요. 당신은요?"

여기에서 나는 '빈'으로 불리기로 했다.

"무슨 뜻이 있나요? 나는 모기."

뜻이랄 것도 없이 갑자기 생각난 이름이었다. 그저 비어 있는 내 기억을 말하는 건지 혹은 멋진 연예인 이름을 차용한 것인지도 모를 일이다. 대답이 궁색할 것 같아 말을 돌리기로 했다.

"그거 알아요. 모기가 한국에서는 'mosquito'라는 거?"

"네, 많이 들었어요."

어디 가나 한국인 여행객들은 넘쳐난다. 이미 수없이 들어봤는지 그다지 재밌어하지도 않는다. 모기는 우리 팀의 영어 통역 겸 가이드로 함께 한다고 한다. 대학생쯤 되어 보이고 자그마한 체구에 유난히 입이 큼지막해서 시원한 인상의 아가씨다. 전문적으로 가이드 할 정도로 영어가 능숙한 것 같지는 않다. 나의 어수룩한 영어나 별반 차이가 없게 느껴졌다. 아마 여름 방학 피크 시즌에만 아르바이트로 나오나 보다 했다. 간단히 오늘 일정을 알려주고 가던 길을 갔다. 곧 식사 시간이다. 상만이와 아이들을 깨워야겠다. 드디어 이 여름 몽골에서의 나의 새로운 업무가 시작되는 것이다.

그 봄 5년 후

상만이를 처음 알게 된 것은 두 달 전이었다. 장마가 막 시작된 어느 날, 학부 시절에는 친한 편이었으나 졸업 후에는 다른 사람을 통해서 서로의 안부 정도나 알고 지내던 기태형이 뜬금없이 전화를 걸어왔다. 형도 참 별나게 경기 남부 어딘가에서 젖소 농장을 운영하면서 축산업자로 산다는 정도를 알고 있었기에 농장은 잘 되는지 묻고 안부를 전했다.

"이야! 소가 한 마리에 얼마야? 형이 또 이렇게 부자가 될 줄은 몰랐네."

"부자 같은 소리 하지 마라. 맨날 소똥이나 치우는 고충을 니들이 알기나 하겠니?"

"난 그래도 부러운 걸. 내가 비록 이러고 살고 있지만 꿈이 정신없이 몸 쓰는 직업 갖는 거잖아. 나중에 나 좀 일이나 시켜 줘요. 그나저나 어쩐 일로 전화를 다 주셨을까요?"

학부 졸업 후 제법 알려진 다국적 기업에 취업해 무난히 지내던 나는 어느 날 뜬금없이 대기업의 부속품 생활을 접고, 대학원에 입학했다. 의미 있는 삶을 살아보겠다는 결심을 실천에 옮기려는 나의 도전이 가족을 비롯한 수위 사람들에게는 젊은 시절의 치기 정도로 비쳤는지 다들 혀를 찼다. 나 역시도 말은 그럴듯했지만 사실 그다지 굳은 의지도 없었고 확실한 목표도 없었다. 차마 말은 못 했지만, 그저 똑같은 일상에서 벗어나고 싶었다는 것이 더 적절한 이유였다. 상담심리를 전공하고 대학원을 졸업한 후, 현재는 시간제로 청소년 개인 심리상담과 때때로 강의를 하면서 소위 프리랜서 상담자로 지내고 있었다. 짧지만 결혼생활도 했었다. 별로 왕래는 없었지만, 워낙 학부 전공과는 동떨어진 일을 하다 보니 동문 사이에선 내가 어떤 일을 하는지 입소문이 빠른 편이었다.

대충 안부 인사가 끝나자 이윽고 형이 어렵사리 이제 중학교 2학년인 아들 상만이의 이야기를 꺼냈다. 내 또래들이 대부분 자식 문제로 고민하는 나이인지라 요즘 뜬금없는 지인들의 전화는 대부분 내가 청소년 상담사라는 말을 오랜만에 전해 듣고 가볍게 시작하는 자식들에 대한 하소연이 태반이다. 게다가 그 서슬 퍼런 중2병이라니. 늘 사례로 만나게 되는 내담자들에 비하면 그들의 걱정은 정말 배부른 고민이랄 수밖에 없는 것들이기에, 대개 '아무 걱정할 것이 없다'라는 그들 입장에서는 영양가 없는 위로를 하게 된다. 아마도 내 지인들에게 난 별 볼 일 없는 상담자로 소문이 났을 것이다. 막상 심각하니 병원이나 전문적인 상담자를 찾아가서 상담 받아보라고 하면 애를 보지도 않고 섣불리 그런 소리 한다고 성부터 내는 사람들이 말이다.

형이 전하는 상만이도 별반 다르지 않았다. 집에서 좀처럼 입을 열지 않아 도대체 속을 알 수가 없고, 제 방에서 휴대전화 게임에 빠져 산다는 것이 요지였는데, 사업상 들어온 주문을 확인하느라 집에서도 휴대전화를 놓지 못하는 아빠의 모습을 생각하면 그 아들의 상태는 자연스러운 결과였다. 위로랍시고 '형, 밝은 낮에 얼굴 볼 수 있는 애들이면 걱정할 거 없어요.'라고 상담 경험에서 우러나온 진리를 설파했으나 그게 부모에게 먹힐 리는 만무했다. 내 변변치 않은 조언에도 불구하고 형은 중요한 부탁을 했다.

이번 여름 방학에 상만이 휴대전화 중독을 끝장내려고 하는 데 나의 도움이 필요하다는 것이었다. 형의 계획은 간단했다. 휴대전화가 안 터지는 곳—이를테면 몽골의 초원—으로 상만이를 보내버리는 것이었다. 억지로라도 휴대전화 금단증상을 이겨내야만 하는 혹독한 환경으로 보내 금단증상을 극복하고 돌아오면 모든 것이 정상이 될 것이라는 '하면 된다'식 행동주의자들의 절대 진리. 형은 늘 그러했다. 학부 시절 나에게는 눈곱만큼도 찾기 힘든 그런 형의 막가파식 보스 기질과 추진력을 선망해서 따랐지만, 막상 끝까지 따라가기엔 너무 힘에 부치는 일이었다. 자연스럽게 거리가

생겼다. 그러나 가만히 생각해보니 행동 치료적 관점에서
볼 때 형의 상만이 개조 계획이 완전히 틀린 말은 아니었다.
그럴 리 없겠지만 상만이가 계획대로 따라준다면 말이다.

"애가 가고 싶어 한다고요?"

"아니 뭐, 여러 가지로 꾸며대긴 했지."

단언컨대 진정 휴대전화 중독일 경우 부모의 이 같은 제
안에 자발적으로 동의할 아이는 없다. 형의 주장에 따르면
상만이가 동의했다는 뜻인데 그렇다면 그 아이는 휴대전화
중독과는 거리가 멀 것이라는 추측이 가능했다. 상만이가
동물을 좋아하는데 몽골에 가면 말을 실컷 탈 수 있다는 사
실에 어렵게 동의했다고 한다. 아버지인 자신은 여름 농번
기라 같이 갈 수가 없으니 내가 보호자로 함께하길 부탁하
게 되었다는 것이다. 아빠는 소와 매일 그렇게 씨름하면서
도, 자녀는 학업을 위해 시내 아파트에서 지내는 바람에 동
물을 사랑한다는 아이가 그토록 소원하는 반려견 한 마리도
못 키운다고 하니 이런 아이러니가 없었다.

"그런데 왜 나예요?"

"너 상담한다는 얘기 들었어. 오히려 부모보다 네가 같이
가주는 게 좋지 않을까 생각했다. 그리고 너 프리랜서잖아.
솔직히 갑자기 그렇게 시간 낼 사람이 많지 않잖니?"

'팩폭이군.'

직설적이기는 여전해서 지나치게 솔직해서 기분이 좀 상했다. 그렇담 한번 튕겨줘야 했다.

"방학 때는 상담 스케줄이 늘어나서 곤란하긴 한데…"

"그래? 상담 받는 애들이 많은가 보구나. 그렇게 이상한 애들이 많니?"

배웠단 사람들도 상담에 대해 무지하기는 마찬가지다. 하지만 '이상한 어른'을 교육하기에는 적합지 않은 상황이라 대꾸하지 않았다.

"어쨌든 가기로 했으니 된 거 아니냐. 너 자존심 상할까봐 그렇긴 한데 여행 기간 동안 상담한다 치고 일당 지급할게."

한번 튕기길 잘했다. 뭘 그런 괜한 걱정을 하고 그러실까? 자존심 같은 것은 프리랜서 시작하면서 스트레스 없는 정신적으로 건강한 삶을 위해 되도록 덮어두고 살고 있었다. 그나저나 부모는 참 단순하다. 자녀가 자기 뜻에 따라준다고 하면 그 동기는 전혀 궁금하지 않은가 보다. 상식적으로도 그 나이 또래의 청소년이 이름 모를 벌레로 가득한 척박한 환경에 낯선 보호자를 선뜻 따라나선다는 것은 어느 모로 봐도 예사롭게 볼 일이 아님에도 부모의 뜻을 따라주겠다는 자녀의 결정에 앞뒤 가리지 않고 일사천리로 일을 진행한다.

문득 이 뜬금없는 제안에 바로 흥미를 느끼는 나 자신이 의식되어 석연치 않았으나 그 느낌은 제대로 검토해 볼 시간도 없이 순식간에 흔적도 없이 사라졌다. 당시 권태로운 일상을 벗어나 여행은 떠나고는 싶은데 경제적 여력은 없고, 마침 동물보조상담 그중에서도 말이라는 동물의 심리적 치료 효과에 대해 막 관심을 두기 시작한 터라 제법 솔깃한 제안이라는 계산으로 의식이 빠르게 옮겨갔다. 그러나 혼자 공부하고 사색할 수 있는 여행이 아닌 어디로 튈지 모르는 사춘기 청소년과 함께 긴 시간을 동고동락한다는 것은 내키지 않았다. 그것이 서로에게 얼마나 피곤하고 소진되는 일인지 이미 그전에 근무했던 거주형 치료시설에서 뼈저리게 경험한 터였다. 아직까지도 그 당시 상담했던 아이들에게 충실하지 못했던 미안함과 책임감이 마음 한구석에 남아있었다. 하지만 한때 따랐던 선배의 부탁이었고, 상담자가 아닌 삼촌 격의 보호자로서 동반만 해 달라는 형의 제안에 우선 아이를 만나보고 결정하기로 했다.

마른장마 중에 갑작스럽게 내린 비로 혼잡해진 길거리 탓에 약속 장소에 예정보다 5분 정도 늦게 도착했다. 우산의 빗방울을 털며 햄버거 가게로 들어서면서 보니 기태형과 사내아이가 마주 보고 앉아있는 모습이 보였다. 형이 나를 알아보고 먼저 손을 들어 보였다.

농장 일로 제법 우람하게 변한 체형과 건강하게 그을린 구릿빛 피부의 형이 낯설기도 하고, 그 강인한 인상에 위압감도 느껴졌다. 반면에 그 앞에 앉은 아이는 마치 흑백의 대비를 보는 듯 하얗고 연약해 보였다. 형 옆자리에 앉는 것이 어른끼리 한통속으로 보일까 자리배치가 애매했지만, 아이에게 부담을 주지 않고자 우선 형 옆자리에 앉았다. 얼른 인사를 하고 상만이가 원하는 아이스크림을 주문하고 받아오면서 자연스럽게 상만이 옆자리로 자리를 옮겨 앉을 요량이었다.

녀석은 인사를 하면서도, 아이스크림을 먹겠다고 대답하면서도, 내가 옆자리로 바꿔 앉을 때도 눈을 마주치지 않았다. 휴대전화를 만지작거리지도 않았다. 보통의 중학교 2학년보다는 조금 작은 체구의 누가 봐도 얌전하고 수줍은 청소년이었다. 아버지 대신 이번 여행에 보호자로 함께 하게 된 삼촌이라고 소개했다. 하는 일을 얘기하려는데 형이 말을 가로채며 이번 여행에 대해 설명하기 시작했다. 형의 의도를 알아채고 언짢긴 했지만 입을 다물었다.

우리는 몽골의 초원을 10일간 말을 타고 가로지를 계획이다. 주간에는 말을 타고 이동하고 밤이 되면 텐트를 세우고 야영을 한다는 것이나. 힘든 것은 둘째 치고 어떤 돌발 상황이 벌어질지 예상할 수 없다. 물론 몸이 아프거나 체력적으로 힘든 사람은 중간중간 차량으로 이동할 수 있다. 마필을 비롯하여 여정에 필요한 모든 장비와 식사는 현지 캠프 스텝들이 준비할 것이고 우리 외에 다른 참가자는 몽골에서 이 트랙킹을 출발할 때 만나게 된다. 초원에 텐트를 치고 고르지 못한 바닥에 습기를 그대로 머금은 잠자리며, 씻을 물은 부족할 것이고, 당연히 별도의 화장실도 없을 것이다. 입맛에 맞을지 모르는 몽골 음식을 내내 먹어야 한다. 형이 흥분해서 일사천리로 설명을 이어갔다. 여행의 불편함에 대해 미리 면역을 주려는 의도였다면 제대로 먹혀들었다. 내 결정을 후회하고 각오를 새롭게 해야 했으니까.

놀라움과 기대, 그리고 어쩔 수 없는 불편함에 대한 망설임으로 설명을 들으면서 틈틈이 상만이를 관찰했다. 요즘 아이들이 목숨같이 지킨다는 눈썹을 덮는 일자 앞머리, 단정한 옷차림, 급하지도 느리지도 않게 먹는 속도, 특별히 거슬리는 반복적인 몸짓도 없고, 아버지의 설명에 적절히 반응, 도무지 색안경을 끼고 바라보려야 바라볼 수 없는 평범한 아이였다. 나의 눈길을 피하는 것 외에는. 이상한 것은 처음 본 아이답지 않게 낯설지가 않았다. 어디에서라도 한 번은 마주쳤을 것이라는 확신이 들었다. 대강 설명이 끝나자 학원시간이 되었다며 양해를 구하고 일어서는 모습까지

나무랄 데가 없었다. 한 번도 대화를 나누지 못하고 상만이와의 첫 만남은 지나갔다.

둘만 남게 되자 형은 아까 내 말을 자르고 들어온 것에 대해 사과했다.

"미안하다. 네가 상담사라는 걸 알게 되면 애가 선입견을 품게 될까 봐."

내 직업 때문에 부탁한 거면서 딴소리다.

"무슨 말인지 알겠어요."

내키지 않는 상황의 연속이었지만 이상하게 이 일에서 빠져야겠다는 궁리는 하지 않았다. 반면에 내 신분을 밝히지 않을 거라면 오로지 아빠의 대학 후배로, 단순히 보호자를 대신해서 함께 하는 것으로 내 역할을 철저히 제한하기로 서로 약속했다. 오히려 그것이 이 여행에 대한 나의 부담을 줄여준다고 생각했다.

상만이에 대한 인상을 묻기에 얌전하고 차분해 보인다고 대답했다.

"그리 보이지. 사춘기 되면 다 그런가? 쟤가 한 일 년 전부터 변했어. 그전에는 대장 기질도 있고 활발했는데 이제는 도대체 집에서 말을 안 해. 학교는 안 빠지고 잘 다니는데 그깃뿐이야. 그 외에는 집 밖으로 나가지도 않고 친구도 만나지 않아."

"중2병이 심하게 왔다고 생각하나 봐, 형?"

"뭐 그렇긴 한데 너무 갑자기 변한 게 아무래도 걸려. 덕분에 지금까지 학교에 부모 오라 가라 하는 문제는 일으킨 적이 없긴 한데. 근데 난 쟤가 앞으로도 그럴 것 같아 걱정이다. 사내애가 저렇게 패기가 없어서야 무슨 큰일을 하겠냐?"

나도 그렇지만 형도 참 특이했다. 누가 들으면 배부른 고민이다. 부모로서 형의 견해로는 상만이는 활동성이 떨어지고, 매사 의욕이 없으며, 자기 방에서 게임이나 즐기는 자존감에 문제가 있는 청소년이었다. 전문가로서 나의 견해는 간단했다. 평균의 범주 안에 있는 청소년. 거주형 치료시설 근무 당시 워낙 심각한 사례들을 많이 겪어 본 터라 상만이는 내게는 지극히 평범한 사내아이로만 보였다. 적어도 같이 이 여행을 함에 있어 나에게 크게 곤란을 줄 아이는 아닐 것이라고 안심이 되었다.

이 여행이 처음 어떻게 시작되었는지 궁금했다. 형과 친한 근처 농장주 친구, 같은 동네에서 목수 일을 하고 있는 후배, 이렇게 셋이 의기투합해서 아들들과 좋은 추억을 만들기로 했다. 아주 바람직한 부자들이 아닐 수 없다. 그래서 고민 끝에 이 여행을 계획하게 되었는데 공교롭게도 형 목장 젖소 몇 마리의 출산일이 한꺼번에 여행 일정과 겹쳐 버렸다. 도저히 자리를 비울 수가 없게 되어 내가 대타로 나서게 된 것이다. 이렇게 해서 내가 평생 만나볼까 말까 한 분야의 사람들과 동행하는 여행에 간택되었다.

애초 여행의 목적으로 내게 말했던 휴대폰 중독 같은 얘기는 꺼내지도 않았다. 부모로서 아들이 갑작스럽게 대인관계에서 철수하고 말이 없어진 이유를 단순한 중2병으로 보고 시간이 해결해 주길 기다리다가 마침 좋은 기회가 있어 어렵게 여행을 결정했는데 계획이 틀어진 것이다. 사춘기 남학생이 이런 여행을 가기로 마음먹었다. 그 자체로 예삿일은 아닐 것이다. 그렇다고 심각한 일도 아닐 것이라고 생각했다.

짧은 첫 만남 이후, 출발 일까지 남은 기간 비자 발급, 준비물들을 챙기고, 몽골에 대해 여러 자료를 찾아보며 공부해갔다. 무엇보다 힘든 여정을 버틸 몸을 만들기 위해 운동을 열심히 했다. 한동안 허리가 안 좋았기에 승마에 무리가 되지 않도록 허리 근육 보강운동에 집중했다. 처음 이 여행을 제안받았을 때는 심드렁했는데 어느 순간 기대하며 열심히 준비하는 나 자신을 의식할 수 있었다. 그러고 보니 상만이의 맥 빠지고, 의욕 상실한 듯한 눈빛과 몸짓이 이전의 기억나지 않는 어떤 내담자와 비슷하다는 느낌도 있고 그때의 내 모습과도 비슷하다는 것을 알 수 있었다. 그러나 지금의 나는 전혀 다른 모습이다. 한참 의욕이 넘쳐나서인지 여행 떠나기 전에 미리 상만이와 친해져야겠다는 야심 찬 계획을 세우게 됐다. 단순히 동행하는 보호자로 역할을 제한하겠다는 다짐을 잊은 채….

녀석과 만날 약속을 잡는 것은 k-pop 월드스타와 미팅 스케줄 잡는 것보다 힘들었다. 서울에서 지방 도시까지 내려가서 보겠다는 내 열정에도 불구하고 형수는 이제 중 2학년인 아이의 빡빡한 학원 스케줄을 철저히 관리하고 있었다. 이런 것만 보아도 형과 형수 사이의 교육철학과 양육방식에 큰 차이가 있음을 짐작할 수 있었다. 형수는 당연히 이여행 계획을 마땅치 않게 생각하고 있었다. 한창 공부해야할 방학에 긴 여행이라니 그것도 몸을 다칠지도 모르는 그런 위험한 여행을 부모도 없이 보낸다는 것 때문에 부부 사이에는 의견 대립이 컸나 보다. 애초 15일을 계획한 여행이 열흘로 축소된 것도 형수의 강력한 반대 때문이었다. 둘이 유명한 캠퍼스 커플이라 오며 가며 본 것이 전부이지만 예상 못 한 캐릭터였다. 덕분에 어렵게 딱 한 번의 만남이 가능했다. 사실 상만이에 대한 호기심이 주체할 수 없이 커져서 만났다기보다는 그래도 어느 정도 라포를 형성하고 여행을 가야겠다는 의무감이 강했다. 그래야 나도 현지에서 덜 불편할 테니까 말이다.

일요일 저녁, 지난번에 만났던 햄버거 가게에 자리를 잡고 앉아 기다리는데 약속 시간이 지나도 녀석이 나타나지 않았다. 조급함에 못 기다리고 전화를 하자 시끄러운 배경 소음과 함께 녀석이 전화를 받았다. 그와 동시에 저쪽 구석에 앉아 전화를 받은 녀석과 눈이 마주쳤다. 둘 다 모두 평범하게 생긴 탓일까? 서로를 알아보지 못하고 그렇게 각자 자리에서 기다리고 있었다. 어떻게 이럴 수가 있냐며 호탕하게 웃었지만 상만이는 그저 예의 바른 인사만이다.

첫 번째 만남에서와는 달리 적극적이고 수다스러운 나의 태도에 녀석은 적잖이 당황한 듯 보였으나 그다지 내색은 하지 않았다. 주로 내가 얘기하고 상만이는 듣고 있다가 간간이 질문에 대답하는 정도로 시간이 흘러갔다. 상만이의 대답이 늦거나 짧아질수록 나의 질문은 빠르고 길어졌다. 그 공백을 지워버리겠다는 듯이 달려 나갔다. 그러다 문득 나의 불안을 감지하고 마음속으로 '워~워~'를 되뇌어야 했다. 상만이는 그다지 어색하거나 불편해 보이지는 않았다. 다만 권태로워 보일 뿐이었다. 좀 더 시간을 주지 못하고 계속 질문했다.

"이번 여행에서 특별히 기대하는 게 있으면 알고 싶은데?"

그러자 뜻밖의 대답이 돌아왔다.

"별을 보고 싶어요."

상만이는 처음으로 망설임 없이 대답했다. 동물을 좋아해서, 말을 마음껏 탈 수 있다는 이유로 여행에 동참하기로 했다는 아빠의 이야기와는 사뭇 다른 흐름이었다. 이쯤 되면 이 아이에게 이번 여행은 부모의 강권에 못 이겨 억지로 떠나는 현장체험학습 따위는 아닌 것이다. 그리고 이 사실이 나에게 어떤 책임감과 더불어 호기심을 불러일으켰다. 아빠는 자녀가 뚜렷한 목적 없이 사는 것 같아 불만이고, 엄마는 자신의 목표에 자녀가 충실히 따르도록 하는 것이 목표인 가정에서 상만이는 나름의 목소리를 가지고 있었다. 지금껏 부모는 들어보지 못한 그런 목소리일 것이다.

"그래, 나도 몽골이 밤하늘의 별을 관찰하기 좋은 곳이라는 얘기는 들었어."

"..."

"별이라~. 멋지겠다. 그런데 그런 이유는 전혀 예상하지 못했거든. 혹시 별이 보고 싶은 이유를 얘기해 줄 수 있니?"

당황해서 쓸데없는 질문을 하고 말았다. 별을 보고 싶어서 몽골에 가겠다는데 그 이유를 묻는 바보짓을 하다니. 사춘기 청소년에게 그보다 더 확실한 이유가 어디 있을까? 보고 싶다는 마음. 역시나 대답이 없었다. 문득 비슷한 실수로 얼룩진 나의 초기 상담사례들이 스쳐 지나갔다.

'왜 가기 싫은데?'

언젠가 누군가에게 이렇게 질문하던 내 목소리가 띵하고 귓전을 때렸다.

정신을 차리자 '이 질문으로 라포 형성이 10만큼 후퇴했습니다'라고 경고등이 켜졌다. 갑자기 말문이 턱 하고 막혔다. 의도치 않게 상만이를 기다려주게 되었다. 한동안 서로 말없이 음료수만 마시고 있었다. 그리고 마침내 상만이가 작은 목소리로 말했다.

"다시 보고 싶어졌어요."

"응? 뭘? 별?"

다시 생각해봐도 한심하기 그지없는 반응이었다. 정신을 가다듬고 다시 물었다.

"그래? 다시 보고 싶은 별이 있구나. 그동안은 보고 싶어도 볼 수 없었던."

녀석이 흠칫 놀라는 기색이다. 아마도 그 별을 마지막으로 본 시점과 그 이후부터 지금까지는 분명 다른 시간이었을 것이다. 하지만 무엇이 다른지는 생각해 보지 않았나 보다. 다만 무의식적으로 그리워했을 뿐. 대답은 않고 다른 이야기다.

"아저씨, 제 얼굴 좌우가 완전 다르지 않아요? 엄마빠는 아니라는데 난 내 얼굴 좌우가 완전 다른 거 같아요."

"응, 사람 얼굴은 다 좌우가 조금씩 달라. 내가 보기에는 괜찮은데."

좀 난데없는 이야기였으나 대수롭지 않게 생각했다. 여행 출발 전의 처음이자 마지막인 만남은 더는 앞으로 나아가지 못하고 마쳐야 했다. 아이와 헤어져 혼자 지내는 방에 돌아와 앉아 있자니 갑자기 눈물 나도록 그리운 얼굴이 떠올랐다. 내게도 잊고 지내던 별이 있었다. 그토록 철저하게 회피했는데 홍수에 둑이 무너지듯 허망하게 감정의 벽이 무너졌다. 힘겨운 밤이 찾아왔다. 아침이 오면 다시 평소처럼 일어나리라 다짐하면서 이겨내야 하는 밤이다. 아침이 밝았고 찾아가 해야 할 일이 있었다.

1일

몽골에서의 첫 끼니를 위해 아이들을 깨웠다. 식당인 대형 게르로 가 자리를 잡고 앉아있자니 캠프 내 곳곳의 숙소에서 나온 각양각색의 사람들이 속속 자릴 채우기 시작했다. 몇몇은 서로 익숙한 듯 인사를 나누었고, 우리에게도 여행자다운 친근함으로 인사를 건넸다. 저리도 주인같이 자연스러운 걸 보면 며칠씩 캠프에 머무르면서 휴가를 보내는 사람들임이 틀림없을 것이다.

식당은 금세 소란스러워졌고 차려진 음식을 나누면서 활기찬 분위기는 여전했다. 분명 이들 가운데 우리와 여정을 같이 할 사람들이 있을 터였다. 하지만 도무지 감이 잡히지 않았다. 의외로 덩치 큰 서구 사람들이 많이 눈에 띄었다. 마주 보고 자리 잡은 캘리포니아 출신의 대만계 아가씨 리사는 미국에서 한국식 때밀이를 경험했는데 너무 좋았다며 미국인다운 붙임성을 시전했다. 너무 말을 빠르게 많이 하는 바람에 상만이에게 통역해 주느라 정신이 없었다. 다행히 넘치는 에너지와 유쾌함이 전해졌는지 녀석도 흥미롭게 듣는 듯했다. 딕분에 성신없이 식사를 마쳐야 했다. 각국의 사람들이 서로 어울려 왁자지껄한 분위기에 빠져 있다 보니 이제야 경치 구경 온 관광객이 아닌 여행자다운 기분이 들었다. 10시에 같이 승마 트래킹을 떠날 멤버 및 스텝들과 미팅이 예정됐다. 식사를 마치고 테라스에 앉아 차를 마시며 미팅 시간을 기다렸다. 상만이는 이 모든 낯섦과 새로운 경험에도 도착했을 때의 표정 그대로 평화로운 눈빛이다. 초원에서 맞는 아침 바람은 싱그럽기 그지없었고, 초록은 마음을 편하게 가라앉게 했다.

10시가 되자 초원 한가운데 비탈에 세워진 나무 정자에 우리 팀이 모였다. 햇살은 이미 따가왔으나 정자 지붕 아래 그늘은 서늘해서 겉옷을 걸쳐야 하는 전형적인 몽골의 여름 날씨였다. 모두가 자리를 잡고 앉자 우선 우리와 함께 떠나게 될 스텝들의 소개가 시작되었다. 이미 인사를 나눈 모기가 먼저 소개되었다. 이어서 16세의 아직 앳된 얼굴의 마부 투식, 요리사 겸 마부인 30세 리마 그리고 60세 정도 되어 보이는 덩치 큰 보급차량 운전자 애기가 인사를 했다. 투식은 전혀 영어를 하지 못했고, 리마는 단어를 띄엄띄엄 하는 수준이었다. 마지막으로 이 여행을 책임지는 리더로 소개된 이는 뜻밖에도 키가 나만큼이나 큰 금발의 42세 독일인 여성 니콜라였다. 뭐랄까? 전혀 맥락 없는 장면 전개처럼 생뚱맞게 니콜라가 등장했다. 온통 아시아적 정서가 뿜뿜인

가운데 화이트워싱 된 할리우드 블록버스터 '닥터 스트레인지'의 '에이션트 원'의 등장 시퀀스처럼 이 순간이 다가왔다. 순간 거부감 비슷한 불편함이 있었으나 자신을 소개하는 니콜라의 겸손한 태도와 동양적인 온화한 미소에 이내 수그러들고 오히려 신선한 느낌마저 들게 됐다.

이어서 이곳 현지에서 우리 팀에 합류하게 된 1인 여행자 홍콩 출신 임선생이 소개됐다. 그리고 한국에서 같이 온 우리 팀 김목수와 초등 6학년 아들 율이, 황사장과 중학 3년생 아들 태호, 마지막으로 나 '빈'과 상만이가 소개됐다. 그러고 보니 스텝이 5명, 여행자가 7명인 아주 이상적인 조합이다. 간단한 인사 이후 니콜라가 승마에 필요한 여러 가지 주의점과 이번 여행에 대해 간단한 브리핑을 했다. 여전히 적응하기 어려운 그림이었으나 차츰 익숙해졌다.

승마교육은 그야말로 초간단이었다. 먼저 말의 왼쪽으로만 승마와 하마가 이루어져야 한다. 말을 움직이게 할 때는 '츄우', 세울 때는 '우슈'라고 하면 된다. 그리고 내릴 때는 등자에서 양발을 동시에 빼고 말의 왼쪽으로 내려야 된다. 또한 말이 놀랄 수 있으니 말 위에서는 옷을 벗거나 서로 간에 물건을 건네주는 행동은 하지 않는다. 만약 말이 놀라 날뛰어도 최대한 말에 붙어 있으라, 승마하면서 가장 안전한 곳은 말안장 위다. 이외 몇 가지 더 있었지만, 이론교육은

단 몇 분이 걸리지 않았다.

바로 현장 실기 교육으로 들어갔다. 팀원 모두가 초보자 레벨이라 수준별 학습은 필요치 않았다. 애초에 여기서는 그런 걸 개의치 않는 것 같았다. 각자 장비를 챙겨서 말들이 대기하고 있는 곳으로 이동했다. 이윽고 각자의 말을 대면하는 시간이 다가왔다. 이 모든 과정이 순식간에 진행된 탓에 딴생각할 틈이 없었다. 5살 때부터 마부였다는 투식이 한 마리씩 말을 끌고 주인의 앞으로 다가왔다. 투식은 팀원 각자의 신장과 몸무게, 숙련도 등을 고려해서 적당한 말의 성격과 훈련 정도로 배정한다고 했다. 앞으로 열흘간 나와 고락을 같이할 동반자와의 첫 만남의 순간이었다. 기대와 긴장이 교차했다. 말의 고삐가 건네지고 말과 서로 눈빛 교환을 했다. 몽골의 말들은 한국 승마장의 말보다는 몸집이 작았으나 그래도 옆에 가만히 서 있자니 그 위용이 대단했다. 위축되고 긴장됨이 첫 소개팅 자리 못지않았다. 나에게는 가장 키가 크고 이마의 하얀 무늬가 특징인 갈색 말이 주어졌다. 엉덩이에 J자 낙인이 선명했다. 딱 봐도 멋진 몸을 가지고 있었다. 이마를 쓰다듬자 고개를 크게 상하로 흔드는 폼이 인사를 하는 건지 위협을 가하는 건지 알 수가 없었다. 상만이에게는 검은색 윤기가 흐르는 탄탄하게 생긴 말이 배정되었는데 꼬리 끝부분이 부자연스럽게 뭉쳐있어 빗겨주고 싶을 정도였다. 꼬리를 흔들 때마다 저 뭉뚝한 꼬리에 맞으면 정신 못 차릴 것 같다는 위협감을 느꼈다. 하지만 윤기 나는 피부며 갈색 갈기가 멋져 보였다. 상만이는 만족한 듯 열심히 말을 쓰다듬고 있었다. 쟤가 저럴 수 있었나 싶을 정도로 세상 다정한 눈빛이다. 하지만 여전히 입은 열지 않았다. 아직까지 녀석의 목소리를 듣지 못한 일행도 있을 것이다.

모두에게 말이 배정되고 점심시간까지 캠프 주위를 돌며 말과 친해지는 시간을 갖기로 했다. 상만이를 챙겨야 했지만, 이 시간 긴장한 나 자신을 다독이기도 벅찬 느낌이다. 다행히 녀석이 나보다는 말과 한결 친근하고 편해 보였다. 드디어 모두가 각자의 말에 올랐다. 말 위에 올라탄 것이 처음은 아니었지만, 지금의 경험은 완전히 다른 차원의 것이었다. 말 등위에 올라탄 순간 완전히 새로운 그림이 펼쳐졌다. 초원을 뒤덮은 초록은 한결 더 짙어 보였고, 하늘은 머리 위로 더 가까이 내려왔다. 말이 낯선 주인의 몸에 적응이 안 되는지 제자리에서 맴돌거나 고개를 크게 휘저었다. 안장 위에서 어깨를 부드럽게 쓰다듬자 어느 정도 안정을 찾았다.

이윽고 팀원들을 사이에 두고 투식을 길잡이로 맨 앞에, 기콜리기 끄트머리에 서서 일렬로 천천히 출발 준비를 마쳤다. 마침내 투식의 말이 앞으로 나아가자 별다른 지시가 없었음에도 거의 자동으로 말들이 일제히 따라 움직이기 시작했다. 순간, 마치 이 큰 말을 맘대로 조정하는 양 기분이 고조되었다. 말의 복부와 맞닿은 종아리를 통해 말의 움직임이 전해졌다. 덩달아 엉덩이가 출렁이고, 가슴과 얼굴 근육이 떨렸다. 그렇게 천천히 걸으면서 몸도 마음도 본격적인 여행에 뛰어들 준비를 시작했다. 동선을 제한하는 울타리도, 미리 정해진 길도 없는 순수한 땅, 우리가 닿는 발길이 새로운 길이 되는 초원을 개척해 나갈 것이다. 과연 안전할까? 말이 내 말을 잘 따라줄까? 화장실은? 수많은 질문으로 머리가 복잡하고 몸의 긴장은 고조되어 첫 기승시간 동안 앞사람의 뒷모습만 바라보다 끝난 느낌이었다.

말 위에서 바라보는 색다른 구도의 풍경이며, 이 여행의 목적인 상만이를 살피는 일, 동물보조심리치료 도구로서의 말의 가능성 확인 같은 목표들은 전혀 수행되지 못했다. 진정 온전히 지금 하고 있는 일, 말 위에서 몸의 균형을 유지하고, 말과 호흡을 맞추는 일에만 몰입하게 됐다. 몰입은 내가 여행 배낭에 같이 담아왔던 혼란한 감정도 싹 잊게 해 줬다. 모처럼 머릿속이 비워진 듯 가볍고 상쾌했다. 무엇도 침범하지 못한 2시간의 적응 라이딩이 어느새 끝났을 때 기분 좋은 피곤함과 허기짐이 찾아왔다.

감격스러운 몰입의 경험을 제공한 워밍업 라이딩을 마치고 간단한 점심 식사 후 팀원들은 각자의 짐을 싣고자 애기의 보급 차량 앞으로 모였다. 애기는 젊은 시절 한국의 자동차 정비 공장에서 일해서 어렵게 번 돈으로 지금의 이 차량을 구입해서 잘 살 수 있게 되었다며 한국에서 온 우리에게 친근감을 표시했다. 오래전 일이라서 그런지 몇 단어 외에는 한국말을 하지는 못했다.

여러 가방으로 나누어진 짐을 애지중지 다루는 임선생에게 무엇이기에 그리 소중히 다루냐고 물으니 천체 관측용 장비라고 했다. 알고 보니 그는 이동이 편리하도록 천체망원경을 특별히 조립식으로 주문 제작해서 휴가 때면 전 세계의 유명 별관측지를 여행하는 프로급 천문학자였다. 그가 그중 품에 소중히 안고 있던 것은 직경이 30cm나 되는 반사경이라 했다. 천체망원경이라니, 이런 행운이 있을까? 어느새 상만이의 얼굴에 처음으로 옅은 미소가 번졌다. 무표정 말고 녀석의 다른 표정을 본 적이 있던가? 꼭 같이 보고 싶다고 단단히 약속했다.

황사장과 태호 부자는 내내 티격태격하는 분위기다. 우리와 대화할 때는 다정다감하다가도 자기들끼리는 나누는 대화를 가만히 들어보면 도대체 부자간의 다정함이란 없는 느낌이다. 아마 둘 다 자원해서 이 여행에 온 것이 아님이 분명했다. 김목수의 아들 율이는 초등 6학년인데 이 여행이 버거울까 처음에는 걱정했지만 의젓하게 행동하는 듯해서 안심이다.

첫째 날 야영지까지는 무리하지 않고 갈 수 있는 거리라고 니콜라가 출발에 앞서 설명했다. 드디어 10일간의 미지의 여정이 시작되는 것이다. 다들 지급된 헬멧을 단단히 조이고 여정의 첫걸음을 내디뎠다. 워밍업 라이딩이 있긴 했지만 마치 처음처럼 마음이 벅찬 느낌이었다. 영웅적인 여정을 떠나는 원정대라도 된 양 마음이 초조하고 흥분됐다. 투식은 대열의 앞뒤를 부지런히 오가며 안장 뱃대가 느슨해지지는 않았는지, 처지는 사람은 없는지 두루 살피고 다녔다. 리마는 줄곧 대열의 앞에서 일행을 이끌었다. 어디를 봐도 비슷한 모양새의 언덕에다가 구분되는 길도 없는데 알고 가는 건지 그냥 발길 닿는 데로 가는 건지 알 수 없는 노릇이었다. 모기와 니콜라는 일행의 옆에서 우리 일행 각자의 기마 자세를 고쳐주거나 말 위에서 리듬을 타는 법 등을 몸으로 알려주며 이동했다. 애기의 보급 차량은 안 보이다가 이따금 초원을 가로질러 나타나서 휴식시간에 식수를 공급하고 또 사라졌다.

한참을 이동해 어느 언덕의 정상에 오르자 다양한 색상의 천을 둘둘 말은 나무 기둥이 돌무더기 가운데 세워져 있었다. 우린 안내자들을 따라 말을 타고 주위를 몇 바퀴 돌았다. 여행의 안전과 무사를 기원하는 것이라 한다. 돌무더기 위로 지나던 사람들이 소원을 빌었을 만한 사진이며, 말의 두개골 뼈, 여러 물건이 놓여있었는데 다 썩어가는 목발도 눈에 띄었다. 이 척박한 땅에서 온전치 못한 몸으로 지낸다는 것은 상상 이상으로 불편했을 것이다. 신의 도움으로 건강을 회복했길 빌었다. 얼핏 보니 상만이가 자못 진지하게 눈을 감고 기원하는 모습이다. 나이에 걸맞지 않게 제법 간절해 보였다. '어떤 소원 이길래 저리 절실할까?' 궁금했다.

기도를 마치고 또 한참을 가다 보니 벌판 한가운데 다시 애기의 차가 보였다. 그런데 뭔가 이상했다. 아니나 다를까 이러한 지형에 맞춰 차체를 높이고 강력한 터보엔진에 사륜구동을 장착하였음에도 진창에 빠져 꼼짝 못 하고 있었다. 모두가 말에서 내려 차를 밀어내기 시작했다. 커다란 굉음과 함께 흙이 사방으로 튀고 연기가 났지만 쉽게 빠져나오지 못했다. 상만이도 차에 몸을 기대고 힘껏 합세했다. 땀을 연신 닦아내면서도 얼굴엔 웃음기가 번져 있었다. 몸 쓰는 일을 저리도 좋아하는데 집에서는 방안에 가만히만 있었구나, 생각했다. 결국, 말들에 밧줄을 연결해 차를 끌어당기자 순식간에 문제가 해결됐나. 이래서 마력이 중요한 것이다.

첫날부터 예기치 않은 일이 벌어졌고, 모두 힘을 합쳐 해결했다. 이 여행이 결코 지루하거나 평이하지는 않을 것이라는 예고 같았다. 애기는 다시 차를 몰고 먼저 떠났고, 우리 일행은 여전히 느릿느릿 언덕을 오르내리기를 반복하다 웬만큼 자연스럽게 말 위에서 리듬을 타게 될 때쯤 첫 야영지에 도착했다.

첫날밤의 숙영지에는 이미 애기와, 우리가 구렁텅이에서 건져 낸 그의 애마(사륜구동 스타렉스)가 도착해 있었다. 애기는 그의 차를 말보다 더 자주 쓰다듬는다. 차가 멈출 때마다 열심히 닦아대는 바람에 이런 초원과 비포장도로를 달리는 10년도 더 된 차임에도 여전히 반짝반짝했다. 그러니 아까 그 진창에서 얼마나 속이 탔을까 짐작이 되었다. 지금도 벌써 언제 그런 일이 있었냐는 듯 깨끗했다. 도대체 물이 어디서 나서 세차를 했는지 모를 일이었다. 혹여라도 말들이 차 가까이 접근하면 흠집을 낼까 봐 얼른 쫓아내느라 바쁘게 손사래를 친다. 숙영지라 해봐야 따로 정해지거나 인공적으로 조성된 사이트가 있는 것도 아닌 그저 저녁시간이 되어 불을 지피고 머무는 곳이 잠자리였다. 어느 초원의 확 트인 언덕 중턱이었다. 바람을 막을 어떤 지형지물도 없는 그저 경사진 비탈. 그야말로 풀만 있는 허허벌판. 사람이나 자동

차가 다닐 만한 곳에서는 떨어져 비탈에 위치했다. 혹 칠흑 같은 밤에 무심코 달리는 차가 텐트를 덮칠 수 있기 때문이라 한다.

애기가 팀별로 텐트와 바닥에 깔 패드, 담요, 침낭을 배분했다. 우리는 각자 최대한 평평한 곳을 골라 텐트를 치기 시작했다. 이 모든 과정과 야영이 익숙하지 않아서인지 말을 타는 일도, 텐트를 세우는 일도 모두 집중해서 하는지라 첫날은 부산한 움직임과는 반대로 참 고요했다. 혼자 텐트를 치는 것이 좀 버거워 보여 일단 우리 텐트가 모양을 갖춘 후 임선생을 도와주고 돌아오니 상만이가 텐트 안에 들어가서 열심히 두 사람분의 패드와 담요를 깔고 그 위에 침낭을 나란히 펼쳐놓고 있었다. 집에서 엄마가 모든 것을 처리해 줘서 자기 손으로 뭘 하는 일이 없다는 아빠의 불평이 있었는데 의외였다. 2인용 텐트는 정말 딱 두 사람이 누우면 꽉 차는 친밀도 향상에 안성맞춤인 크기였다. 물론 그 반대의 효과를 볼 때도 있다. 황사장네를 두고 볼 일이다.

"와! 상만이 일손이 빠른 걸. 벌써 다 정리했네. 내 것까지 고맙다."

대답은 돌아오지 않고 녀석이 황급히 텐트 밖으로 나갔다.

맞은편의 황사상네는 여전히 서로 틱틱대며 텐트를 완성

했다. 저리도 서로에게 불만이 많을까 했다. 김목수는 그들의 그런 모습을 늘 봐 왔던 듯 무심하게 어린 아들과 두런두런 재미지게 텐트를 쳤다. 우리가 숙소를 세우는 동안 투식은 미리 준비한 두꺼운 밧줄로 말 두 마리를 한 쌍으로 묶고 그중 한 마리는 한쪽 앞다리와 뒷다리를 짧은 줄로 연결했다. 덕분에 발이 묶인 말이 뛰지 못하니 쌍으로 연결된 다른 말 역시 뛰거나 멀리 가지 못하게 되었다. 유목민의 지혜였다. 말들은 비록 불편하게 발이 묶인 상태일지라도 여기저기로 다니며 신선한 풀로 배를 채우기 여념이 없다.

잠시 짬이 나 풀밭에 앉아 맞은편을 바라보니 낮은 골짜기를 사이에 둔 건너편 구릉으로는 오토바이 한 대가 라이트를 켜고 앞장선 채 한 무더기의 양 떼가 몰이개의 인도에 따라 저녁 보금자리로 돌아가고 있었다. 말이 아닌 오토바이를 탄 목동이라니 목가적 풍경에 생뚱맞음은 어쩔 수 없었다. 저렇게 집으로 돌아가면 어미와 새끼들을 따로 떼어 놓는다고 한다. 밤새 새끼들이 엄마 젖을 다 먹는 것을 막기 위해서란다. 가축의 젖은 유목민에게 생명과도 같은 것이기에 낮에는 새끼가, 밤을 지낸 새벽에는 사람이 그 생명을 나눠 갖는 것이다. 진정한 공생의 삶이다.

우리가 텐트를 치는 동안 요리사 리마는 저녁식사를 준비했다. 양고기 수프와 밥이 준비되었는데 나와 상만이는 맛나게 먹었으나, 임선생은 냄새가 불편했는지 거의 먹지를 못했다. 먹는 것도 가리지 않는 상만이 녀석은 아직까지는 정말 신경 쓸 일 하나 없는 모범 청소년이었다. 대충 정리가 끝나자 태호와 율이는 터지지 않는 휴대전화로 미리 깔아 놓은 게임을 시작했다. 상만이는 휴대전화 없이 가만히 풀밭에 앉아 시선을 멀리 두고 있었다.

"같이 게임 안 하네? 뭘 그렇게 보고 있니?"

"폴더 전화라서 같이 못 해요. 그냥 있어요."

친절하게도 질문 순서에 맞혀 일일이 대답해 줬다. 부모는 어떻게든 전화기 사용을 줄여보려 불편한 폴더 전화를 들이밀었고, 아이는 비록 그런 기계일지라도 집에서는 온종일 놓지 않았다.

"어때 힘들거나 심심하지는 않아?"

"..."

대답이 없다.

"아저씨는 오랜만에 너무 편한 느낌이다. 그럼 편히 쉬어."

시간이 필요하겠지. 아빠들이란 어쩜 똑같은지 기태형은 아이가 내내 전화기만 본다고 이 일을 꾸몄는데 정작 아이 본인은 이렇게 시간의 빈 곳을 아무렇지도 않게 잘 채우고 있나. 상만이의 시간을 방해하고 싶지 않아 자리를 피해

줬다.

식사 후에는 임선생의 망원경 조립을 도왔다. 어둠이 깊을수록 별을 관측하기에 좋으나 아직 빛이 있을 때 복잡한 조립을 마쳐야 했다. 망원경이 흔들리지 않도록 바닥을 최대한 평평하게 다지고, 망원경이 별을 쫓아 움직일 수 있도록 레일을 설치하고, 아래쪽에는 임선생이 그토록 소중히 꼭 안고 다니던 반사경을 설치했다. 이어서 쇠막대기 같은 부품 몇 개를 세워 경통 틀을 만들고 꼭대기에 렌즈를 설치했다. 망원경의 틀이 갖춰지자 레이저 광선을 렌즈를 통해 반사경에 비추어 초점을 조정했다. 마지막으로 망원경 경통의 몸통은 검정 천을 씌워 대신하는데 천으로 만든 망원경이라니 상상도 못 했었다. 예상보다는 구조가 복잡하지 않았다. 완성된 망원경은 나만큼이나 키가 컸다. 두 시간 가까이 조립을 도운 후 망원경 주변에 앉아 어둠이 짙어지기를 기다리기로 했다. 해가 지자 금방 한기가 느껴졌다. 따뜻하게 옷들을 챙겨 입고 다시 모이자 니콜라가 다가와 자신의 이야기로 대화를 시작했다.

이 여행의 초반에 가장 인상적인 것은 이국적인 풍광도, 강인해 보이는 몽골의 말도 아닌 배경 속에 생뚱맞은 이방인 니콜라였다. 그는 반년째 이곳에서 스텝으로 일하고 있었다. 세계 여러 곳을 다니며 여행하고 모험을 즐기는 그야말로 전문적인 탐험가이자 모험가였다. 주로 요트를 타고 여행한다고 했다. 배를 타다 보니 별자리며, 천문에 관심이 많은데 망원경을 가지고 여행 온 팀은 처음이라며 신기해했다. 전 세계를 돌아다니며 직접 피부로 깨우쳤을 삶의 경험이 그를 처음 본 순간 느꼈던 신비한 아우라의 원천이 되었을 것이다. 느리지만 명확하게 전달되는 언어, 평온한 듯하면서도 확고한 눈빛, 가끔 따로 멀리 떨어져 유유히 초원을 거니는 모습까지, 우리와 같이 있지만, 또 다른 세상과 소통하는 것 같이 느껴졌다. 철없이 뛰노는 우리 아이들을 한없이 사랑스러운 눈으로 바라보고 앉아있기를 좋아했다. 그럴 때는 강인한 탐험가의 모습은 온데간데없이 사라지고 따뜻한 엄마의 모습 같아 보이기도 했다.

"저쪽에서 구름이 다가오는 걸 보니 오늘 별 관측이 쉽지 않을 것 같아요."

임선생이 하늘을 보고 아쉽다는 듯 눈썹을 찡그렸다. 무슨 상관이랴 아직 날이 많은데. 이곳에 그새 적응이 된 것인지 나 역시 맘이 여유로웠다. 어둠이 내리자 북반구의 여름 밤하늘에 일찍 떠오른 목성과 그 위성을 관찰할 수 있었다. 임선생이 손가락으로 가리킨 곳에 빛나는 별이 목성이라 했다. 육안으로도 선명했다. 이리저리 망원경을 움직여 망원경 렌즈 안에 목성을 잡아냈다. 태양계에서 가장 큰 행성 그리고 그 행성 주위를 감싸고도는 4개의 위성까지 렌즈 가득한 크기로 보니 신비롭기 그지없었다. 일행 모두가 번갈아 보며 탄성을 질렀다. 이어서 '베가(직녀성)', '데네브', '알타이르'라는 여름의 밤하늘의 대삼각형을 이루는 별을 관찰했다. 망원경을 통해 관찰한 베가성은 정말 아름다운 황금색 빛의 광선을 사방팔방으로 발산하며 반짝였다. 시간이 좀 더 지나자 이제 막 떠오르는 토성과 그 고리를 선명하게 볼 수 있었다. 토성의 고리를 이렇게 선명하게 보게 될 줄은 몰랐다.

"하늘의 별과 인공위성을 어떻게 구별할 수 있을까?"

임선생이 아이들에게 질문했다.

"인공위성은 별보다 빠르게 움직여요."

율이가 자신 있게 대답했다.

"맞아. 저기 빠르게 움직이는 별 보이지? 그게 인공위성이야. 그럼 인공위성하고 비행기 불빛은 어떻게 구별할 수 있을까?"

심화 질문이다. 모두의 시선이 인공위성으로 추정되는 별을 따라가며 아무도 대답이 없다.

"인공위성은 별처럼 스스로 빛을 발하는 것이 아니고, 행성과 마찬가지로 태양 빛을 반사해서 빛을 내지. 위성이 빠른 속도로 지구 주위를 돌다 보니 태양 빛을 받는 각도가 계속 변하거든 그래서 빛을 많이 받는 각도에서는 밝아지고 각도가 변하면서 점점 어두워지다가 지구 그림자 뒤로 가면 아예 보이지 않게 되는 거란다. 빠르게 움직이는 별이 환해지고 어두워지기를 반복하면 그건 인공위성인 거야. 반대로 빛이 깜박거리면 그건 비행기지."

낯설기도 하고 신기하기도 한 우주에 대한 이야기가 끝도 없이 이어졌다. 아이들도 모두 흥미롭게 작은 망원경 렌즈에 눈을 맞추느라 안달이 났다. 임선생은 우리의 이런 반응에 신이 났는지 밤늦도록 밤하늘에 레이저 포인터로 그림을 그려가며 별자리를 설명해 주었다. 그 옛날 목동들이 보고 만들었을 법한 전설 같은 별자리 이야기를 들으며 마치 그들이 된 양 시간여행을 했다. 어느덧 달도 지고 밤이 깊었다. 달이 진 뒤 한층 더 어두워지는 하늘이 천체관측에 최적이라고 임선생이 얘기했지만, 모두 첫날의 피곤함 때문인지 하나둘 텐트로 돌아갔다. 니콜라는 끝까지 남아 임선생과 별에 대해 많은 이야기를 나누었다. 지나치며 언뜻 들어도 항해사의 별에 대한 지식은 대단한 듯했다. 텐트에 누워서도 희미하게 그들의 대화가 들렸다. 같이 텐트로 돌아가며 말없이 눈빛으로 상만이에게 물었다.

'보고 싶은 별을 찾았니?'

너석은 내 눈빛의 의미를 알아들은 것으로 보였지만 대답하지 않고 침낭 속으로 푹 잠기었다. 언제쯤 두 번 이상 주고받는 대화다운 대화를 나눌 수 있을는지.

아이들 잠자리를 봐주고 아빠 둘, 보호자 한 명이 초원에 둘러앉아 보드카를 나눴다.

"형님, 여기는 어떻게 오게 된 거유?"

아들과 늘 신경이 곤두서서 으르렁대는 모습이 신기해서 내가 황사장에게 먼저 물었다.

"왜는? 우리 마누라가 하도 가라 그래서 왔지. 우리 마누라가 김목수 팬이거든."

이번 여행은 김목수가 처음 제안했다. 김목수와 나는 어느새 말을 놓고 친구가 되어있었다. 황사장의 아내이자 태호의 엄마가 김목수 공방에 문하생이었다.

"덕분에 일당 줘가며 목장에는 내 대신 사람 쓰고 여기서 이 고생을 하고 있다 내가."

일당? 나도 일당 받기로 했는데 그럼 결국 기태형이 왔어도 자신의 목장 일을 대신 봐줄 사람의 일당만큼은 필요했던 것이다. 내가 원래 그렇게 계산적인 사람이 아니었는데 금방 파악이 가능했다. 괜히 튕겨서 돈을 요구한 것 같아 미안했는데 이젠 그럴 필요가 없어졌다.

"에이 형님, 지금 아니면 언제 아들하고 이런 데를 와 보겠어요. 그러니까 형수님이 그렇게 밀어붙였지."

김목수가 사람 좋은 얼굴로 항변한다.

"하긴 맞아. 나도 그 생각이야. 그나저나 기태도 같이 왔으면 좋았을 것을. 암튼 성규 씨가 상만이 좀 잘 챙겨줘."

성규는 부모님이 지어주신 내 이름이다. 그러고 보니 나만이 이 일행에서 낯선이다. 그나마 요즘 많이 좋아졌긴 하지만 대인 관계 졸보인 내가 그렇게도 피하고 싶어 하는 어색한 첫인사가 필요한 자리에 와 있었다. 막상 그 상황에 부닥치게 되면 또 언제 그랬냐는 듯 그냥저냥 잘하는 편이면서도 어떻게든 그런 자리를 만들지 않으려고 부단히도 노력하며 살고 있다. 다행히 이번에는 그 첫 만남이 공항이라는 특수한 장소라서 분위기에 휩쓸려 제법 불편한 티를 내지 않고 넘길 수 있었다.

"잘하신 거예요. 내가 발달심리학적으로다가 왜 이 여행이 중요한지 풀어드려?"

처음만 잘 넘기면 곧잘 친근한 척 농담도 쉽게 주고받으면서 그러는 나다.

"난 공부하고 담 싼 지 오랜데."

"실은 나도 그래요."

철없는 세 아저씨의 밤은 그렇게 깊어갔다.

그 봄 4년 후

　1년 전의 어느 날, 아내와 이혼한 지도 3년이 지난 어느 날이었다. 당시 난 지역의 공공시설인 청소년상담복지센터에서 상근 상담사로 근무하고 있었다. 공공시설이다 보니 자질구레한 행정업무와 보고서 작성, 실적 달성을 위한 사업 진행, 지역행사 참석 등의 부수적인 업무가 많아서 정작 본업인 상담에는 전념하기 힘든 업무환경이었다. 더군다나 내게 한때 영리를 추구하는 기업체에서 치열하게 근무하던 관성이 남아서인지 과업이 맡겨지면 매주 1회 1시간 만나며 이미 구조화되어 있는 개인 상담 사례보다는 당장 해결해야 할 업무를 우선하는 방식으로 일하고 있었다.

　업무 생각으로 내담자와의 상담에 집중 못 하는 나를 보면서 현실에 실망하고 선택을 후회하는 일이 점점 잦아졌다. 주변에 마땅히 상의할 만한 사람도 없는 것은 속마음을 털어놓고 얘기할 만한 깊은 관계를 맺지 못하는 나의 대인관계 방식 때문이었다. 이혼할 때쯤인가부터 주위 사람들이 평소 나의 대인관계를 '처음 만나도 1년 만난 사람처럼, 10년 만나도 1년 만난 사람처럼'이라고 요약했다. 그만큼 별 어려움 없이 친해지지만 딱 거기까지만 허용되는 사람이었다. 상대가 조금 더 접근하거나 깊은 관계를 맺을라치면 어느덧 스스로 철수하는 지극히 개인주의적인 개체로 살았다. 결혼한 배우자와도 비슷했다. 기억나지 않는 어느 순간부터 결국 사랑하던 아내도 정서적 교류 없는 남편과의 건조한 결혼생활을 힘들어했고 결국 견디지 못하고 떠나 버렸다. 적어도 나는 그렇게 믿고 있었다. 아내는 마지막으로 이혼 서류에 서명하면서 애정 어린 조언을 했다.

"당신 참 주위 사람들을 불필요한 존재처럼 느끼게 만들어. 불쌍해. 사람이 도움을 받아들일 줄도 알아야지. 인제 그만 잊고 이제부터라도 먼저 당신을 돌봐야 할 거야."

그의 고언에 나도 뭔가 보답을 해야 했다. 이미 삐뚤어질 테다 모드였다.

"난 당신하고 이게 완전히 끝이라고 생각해."

뭐가 그렇게 대단하다고 단호하고 냉철하게 말했다.

"늘 이런 식이지. 당신만 힘든 거 아니야. 맞아 당신은 이후에도 별다른 변화 없이 잘 살 거야. 나를 한 번도 찾지 않을 테고. 그래서 나도 이혼을 결정할 수 있었던 거고."

사실 나는 내가 무슨 말을 하는지도 모르고 하는 말이었다. 이혼은 충격이었지만 아내의 예언대로 내 생활에 별다른 변화는 없었다. 사실 가족들 말고는 직장 동료들조차 내

결혼과 이혼 양쪽을 모두 아는 사람들이 많지 않았기에 특별히 사회생활 하는데 신경 쓸 일도 없었다.

그날도 아침에 출근하자마자 연계기관인 청소년 쉼터에서 간밤에 발생한 자해 사건에 대해 의논해 왔다.

'자해 정도 가지고 뭐 아침부터 호들갑은.'

거주형 치료시설 근무 시 수시로 발생하던 입주 청소년들의 자해로 이미 나의 충격 접수 회로는 무뎌질 데로 무뎌진 상태였다. 우리 센터장까지 덩달아 당황해서 즉각 긴급 위기대응 회의 소집을 재촉했다. 다급한 목소리들을 뒤로하고 매뉴얼에 따라 기계적으로 움직였다. 그렇게 모인 네트워크 기관들의 실무자들과 향후 대책을 세우느라 오전 시간을 정신없이 보냈다.

"선생님, 냉정하게 상황 잘 정리해주셔서 감사합니다."

냉정이라는 단어에 악센트를 주면서 쉼터 담당자가 인사를 건네고 마지막으로 나갔다.

"저 학교 아이들 충격이 좀 있겠는데. 긴급 대책들 세우느라 금마시 상담센터도 정신없겠네. 우리도 혹시 모르니까 긴장하세요."

회의를 마치고 나오는데 센터장이 사무실에서 직원들에게 하는 소리가 들렸다. 얼핏 들으니 C타워에서 발생한 화재에 체험학습 중이던 학생들이 여럿, 위험에 처했다는 뉴스였다. 어른들의 잘못된 대처로 수많은 어린 학생들이 희생을 당한 일이 얼마 지나지 않았는데 또 비슷한 일이 일어났나 보다. 사건이 궁금하기도 했으나 아침부터 갑작스레 발생한 일에 대처하느라 예정된 업무를 손도 대지 못한 것이 오히려 더 불안해 무시했다. 그런데 마음 한쪽이 왠지 무거웠다. 그리고 그 무게감이 낯설지 않았다. 잘 숨어있는 기억이라면 그냥 두는 것이 좋다고 생각했다.

워낙에 매 학기 초가 되면 잠잠하던 아이들의 문제가 서서히 드러나기 시작하는 때라 상담실에는 사례 의뢰가 늘 넘쳐난다. 특히 체험학습이나 수학여행을 앞둔 시기에는 아이들의 불안이 극에 달하게 된다. 처리할 급한 일들이 많았지만, 사례가 끊임없었기에 개인의 업무량과는 상관없이 사례가 배정되었다. 곧바로 흔하디흔한 의뢰 사유로 봐서는 그나마 어렵지 않을 듯한 사례가 배정되어 다행이라 생각하며 내담자와 첫 면접을 위해 상담실로 들어갔다. 행정적인 서류 작업을 비롯해 몇 가지 필수적인 구조화된 질문과 확인사항을 점검했다. 뭐 특별할 것도 없는 사례이기도 했고, 머릿속은 온통 당장 마쳐야 할 사업결과보고서 작성에 가 있었다. 첫 회기를 서둘러 마치고 본격적인 상담은 다음 시간부터 시작하는 것으로 약속하고 헤어졌다. 사무적이었지만 최대한 친절한 자세를 유지했다. 상담을 건성건성 마치고 점심도 거른 채 정신없이 사무를 처리하고 한숨 돌릴 때가 돼서야 부재중 전화가 와 있었음을 확인할 수 있었다. 전처의 전화번호였다.

확인해 보니 전처로부터 부재중 전화가 두 시간 전에 딱한 번 와 있었다. 이혼 후 3년 만에 처음이었다. 전화가 온 지 시간이 좀 된 데다 한 번만 한 것으로 봐서는 실수로 눌렀으려니 했다. 애매했다. 실수라면 그쪽도 내가 그냥 넘어가길 원할 것이다. 그런 게 배려라고 믿고 있다. 괜히 전화 걸어 서로 어색해지는 게 싫었다. 순간 내 삶의 가장 어두웠던 시절, 아내와의 갈등이 극에 달했던 때가 의식 위로 떠올랐다. 당시 의식에 떠오르지 않는 어떤 옥죄는 감정으로 이유도 없이 아내를 피했다. 아내뿐만 아니라 누구에게라도 자신을 내보이는 것이 짜증이 났고 불편했다.

"성규 씨, 난 괜찮아. 그러니까 그렇게 피하지만 말고 나한테 얘기해. 당신 잘못이 아니야."

"모르겠어. 나 좀 놔둬."

연약한 자의식과 상처받은 자존감으로 고립을 자초하며 나약해진 맹수는 아내가 내민 도움의 손길을 끝내 거부하고 조용히 자신의 동굴로 숨어들었다. 도움의 손길을 잡는 순간 부실한 기초 위에 세운 나의 자존감이 송두리째 무너지고 말 것이라는 두려움이 이유였다. 참다못한 아내가 헤어짐을 선택했다. 내게는 선택의 여지가 없었다. 그렇게 아내의 간곡한 손길을 뿌리쳤고 이번에는 다시 부재중 전화를 끝내 외면했다. 이혼이면 완전히 끝이라는 나의 다짐을 우직하게 지켰다.

그리고 다시 이틀이 지난 새벽 처남에게서 전화가 왔다. 이번에는 받았다.

"매형, 누나가 죽었어요."

"…"

"매형! 듣고 있어요?"

아내의 사망을 전하는 처남의 목소리는 내 마음만큼 메말라 갈라져 있었다. 누나의 죽음에 대한 슬픔 때문일 게다. 한동안 아무 반응도 못 한 채 멍하니 전화기를 들고 있었다.

"응. 듣고 있어."

"오늘 새벽이었어요."

이혼 이후로 처음 들은 아내의 소식이다. '죽음' 이전에 다른 어떤 근황도 접해 본 적 없었다. 마치 처음부터 몰랐던 사람처럼, 존재하지 않던 관계처럼 지냈다. 난 그럴 수 있었다. 누구와도 그럴 수 있었다. 일부러 의식하지 않으려고 노력하는 것도 아닌데 쉽게 정리됐다. 10년 된 친구와도, 그냥 업무로 얽힌 지인과도, 처음 본 사람과도, 아내였던 사람과도 마찬가지였다. 그러나 대부분의 사람은 아내였던 사람과는 그러지 못한다. 원수 아니면 신경 거슬리는 남.

전화를 끊고 평소처럼 무덤덤하게 정해진 시간에 해야 할 일을 했다. 달라진 것이라면 출근할 때, 퇴근 후에 장례식에 참석해도 될 만한 옷을 골라 입는 정도였다. 출근해서는 평소처럼 여전히 상담과 업무를 진행했으며, 동료와 수다를 떨고 점심을 먹었다. 누구도 내게 무슨 일이 있느냐고 묻지 않았다.

퇴근 후에 빈소에 들렀다. 병원은 며칠 전 근처 유명 고층 타워에서 발생한 어이없는 화재의 후유증으로 소란스러웠다. 현장과 가까이 있어 거의 모든 구급차가 이곳으로 몰렸었다. 초동대처의 미흡, 자동제어 시스템에 대한 무너진 신뢰, 부패한 행정과 기업의 탐욕이 합작한 부실한 시공. 몇 해 전 그때와 달라진 것이 없었다. 그래서 사람들이 더 좌절했다. 그러한 거대한 슬픔 옆에 아내가 누워 있었다.

원망과 안타까움의 시선이 나의 등에 꽂혔으나 여기서 내가 맡은 역할을 해야 했다. 이제는 남이 된 몇몇 친인척을 만나 위로하고 위로받았다. 묵묵히 전 남편으로서의 의무를 수행했다.

잠시 손님들이 한산한 틈을 타 식장 밖으로 나와 한숨을

돌리는데 처남이 어느새 따라 나왔다. 서로 분주해서 눈인
사만 나눈 이후 이제야 첫 대화였다.

"누나가 매형한테 연락하지 말라고 극구 말렸어요. 이혼
하고 바로 병이 발견됐는데 호전과 재발을 반복하다 결
국… 흑."

처남이 말을 맺지 못했다. 일찍 부모를 여의고 단둘이 남
아 서로 의지하며 지낸 누나의 죽음이 어떤 상실감일지 짐
작할 수 있었다. 하지만 내가 미리 알았던들 그다지 달라질
것은 없었을 것이다.

"미안하다. 힘들 때 도움을 못 줘서. 내 원망 많이 했지?"

"누나가 형이 많이 힘들 거라고 늘 걱정했어요. 형도 이젠
그 일 잊으세요."

"응?"

"그때 끝까지 형을 안아주고 위로해 주지 못한 걸 늘 아쉬
워했어요."

아니다. 아내는 최선을 다했다. 다만 나에게 그 일은 공백
이었다. 나는 내가 왜 그리 무감각했는지 모른다.

2일

 트랙킹의 첫 잠자리는 최악이었다. 최대한 평평한 곳을 찾아 텐트를 쳤지만 기울어진 잠자리는 영 불편했고, 좁은 침낭이 불편해 침낭 안으로 들어가 눕지 못하고 침낭을 펼쳐 그저 덮는 용도로만 사용하다 보니 새벽에는 바닥에서 올라오는 한기로 어깨가 시려 자다 깨기를 반복했다. 목과 어깨 근육이 뻣뻣해져 묵직했다. 뒤척이는 나와는 별개로 상만이는 정말 깊은 잠을 자는 듯했다. 쟤는 도대체 부모가 걱정하는 애가 맞나 싶었다. 불편했던 잠자리와는 별개로 어젯밤 보드카를 제법 마셨는데도 숙취는 전혀 없었다. 술이 좋아 그런 건지, 공기가 좋아 그런 건지 확인할 길이 없다. 새벽부터 텐트 가까이 매 한 마리가 날개를 활짝 편 채로 기류를 타고 하늘에 박힌 듯 한자리에서 꼼짝 않고 활공을 하면서 '삐~욱'하는 소리로 잠을 깨웠다.

 조용히 텐트 밖으로 나왔다. 야생의 초원에서 첫 기상은 곤한 몸 컨디션과는 달리 상쾌했다. 다시 한번 긴 심호흡과 스트레칭으로 뭉친 근육을 풀었다. 김목수는 벌써 일어나서 직접 로스팅해 가져온 커피콩으로 내린 모닝커피를 건넸다.

변변한 도구가 없어 통조림통으로 커피를 빻고 거름종이도 없이 가루를 주전자에 넣고 바로 끓여낸지라 커피 가루가 씹혔지만, 초원의 맑은 아침 공기와 어우러진 최고의 풍미였다.

"조으다. 이런 초원에서 원시적인 커피. 여기서 이런 커피를 마시게 될 줄은 몰랐네."

내가 큼지막한 커피 가루를 뱉으며 칭찬했다.

"이 없으면 잇몸으로 사는 거지. 어때 여기하고 딱 어울리지?"

"응. 최고."

목수일로 건강하게 그을린 김목수가 유난히 하얀 이를 다 드러내고 웃었다. 만난 지 얼마 되지 않았지만 거리낌이 없는 성격의 친구다. 공항에서 처음 만나 여권을 까자마자 친구라고 말 놓자고 넉살을 부렸다. 늘 누군가의 그런 면들이 부러웠다. 하지만 나도 다른 건 몰라도 맞춰주는 일에는 제법 재주가 있었다.

"내일 아침에는 저기 젖소 젖 좀 짜서 라떼 안 되겠어?"

"맞다. 형님한테 짜 달라고 하면 되겠네. 형님 내일 라떼 마시게 실력 좀 발휘해 봐요."

소젖 꽤나 짜 봤다는 젖소 농장주 황사장이 졸린 눈을 비비면서 뭔 소린가 한다.

"아침부터 농담들은. 소젖이라면 내가 아주 학을 떼는구먼 여기까지 와서도 그 소리야. 그리고 요즘 누가 손으로 젖을 짜냐? 다 기계가 하는 거야."

어른들이 즐거운 농담으로 밤새 쌓인 침묵을 떨어내자 누가 깨우지 않아도 아이들이 하나둘씩 일어났다. 야생에서는 문명의 버릇들이 힘을 쓰지 못하는지 늦잠으로 속 썩이는 아이는 없었다. 간단한 빵과 달걀 프라이, 소시지로 아침을 먹고, 잠자리와 텐트, 짐을 정리해서 애기의 차에 실었다. 모든 과정이 누가 특별히 지시하지 않아도 자연스럽게 진행되었다. 밤새 캠프 주위를 뒤뚱거리며 신선한 풀로 배를 채운 말들은 초원에 누워서 쉬고 있었다. 눕거나 앉아서 졸고 있는 말들을 보고 있자니 말은 서서 잔다는 상식이 부분적으로 거짓임을 확인할 수 있었다.

평온한 아침이었다. 잠자리가 정리되자 투식이 각자에게 말을 데려왔는데 인제 보니 여태 말의 이름을 몰랐다. 내 말의 이름을 물어보자 말들에게 이름이 없다 했다. 언어 문제로 더 물어볼 수가 없어서 혼자서 추측을 해보았다. 우리 스텝들이 여름 한 철 장사를 위해 임시로 고용되어서 말의 이름을 모를 수 있다. 그런데 스텝 모두 말의 이름을 부르는 것을 들어보지 못했다. 그래서 처음부터 이름이 없던 것으로 결론지었다. 소중한 말에게 이름이 없다는 것이 이상하게 여겨졌으나 말이 이렇게나 흔한 가축인 곳에서 일일이 이름을 짓기도 어렵겠구나 생각했다. 그래도 나에게는 특별한 말이니 내 말은 '달이'로 부르기로 했다. 문득 어젯밤 별 관측을 방해한 크고 밝은 만월(滿月)이 떠올라 이름을 따왔다. 임선생과 니콜라는 별을 더 잘 보기 위해 새벽까지 달이 저물길 기다려야 했다. 상만이에게도 말 이름을 지어주라 했으나 거부했다. 거참 종잡을 수 없는 녀석이다. 황사장네는 텐트를 접으면서도 투덕거렸다. 임선생은 간밤에 조립했던 망원경을 해체하느라 여념이 없는 모습이었다.

오전 라이딩은 전날과 비슷했다. 천천히 산을 넘고, 초원을 지나고, 드물게 유목민의 게르가 보이면 조금 멀리 둘러갔다. 유목민의 게르를 지키는 개가 짖거나 달려들면 말들이 놀라 위험할 수 있기 때문이었다. 어쩌다 마을 가까이 지날 때 개들이 짖으면 우리 스텝들이 말을 몰아 개들이 우리 가까이 다가오지 못하게 막기도 했다. 점점 몸과 마음이 승마에 익숙해지고 기수의 미세한 움직임에도 말이 반응한다는 느낌을 받기 시작했다. 말과 연결된 느낌이 좋았다.

작은 사고도 일어났다. 크고 작은 돌들이 깔린 지역을 지나가는데 모기의 말이 뭐에 놀랐는지 갑작스럽게 흥분하여 제자리에서 앞발을 높이 들고 크게 날뛰는 바람에 모기가 그만 낙마하고 만 것이다. 순간 정적이 흐르고 모두의 얼굴에 긴장감이 역력했다. 앞서 가이던 리마가 달려왔다. 등을 문지르며 잠시 고통스러워하던 모기가 이내 괜찮다며 다시 말에 올랐다. 천만다행으로 돌부리에 부딪히지는 않았나 보다 했다. 그때까지 별 어려움이 없었기에 승마를 은근히 얕잡아본 마음이 있었는데 다시 한번 긴장할 수밖에 없었다. 몽골 현지인이 그것도 가이드가 낙마했다. 니콜라는 어떤 경우라도 고삐를 놓치지 말고 말에서 떨어지지 않기 위해 노력해야 한다고 또 한 번 강조했다. 돌부리 언덕 이후에는 부드러운 초원으로 비슷한 모양의 언덕이 끝없이 이어졌다. 단조롭게 언덕을 오르고 내리기를 반복했다.

"오르막을 오를 때는 몸을 이렇게 앞으로 기울여서 무게중심을 앞으로 하는 게 좋아요. 그리고 내리막에서는 반대로 등을 조금 뒤로 젖혀 무게중심을 뒤로해주면 말이 한결 편하게 갈 수 있어요. 어때요? 둘 다 훨씬 편한 거 같죠?"

니콜라가 시범을 보였다. 기수에게 있어 자신이 조금 힘들더라도 말에게 도움이 되도록 같이 움직여 주는 배려가 참으로 중요한 마음가짐이었다.

"저기 바닥에 풀들 사이로 조그맣게 패인 굴 같은 것이 보이죠? 몽골 초원에는 땅다람쥐가 많아요. 그놈들이 파놓은 굴입니다. 말이 달리다 저 굴에 잘못 발을 디디면 흙이 무너져서 말이 쓰러지는 사고가 발생할 수 있으니 달릴 때는 꼭

길에서 벗어나지 않고 달리도록 하세요."

니콜라가 또 한 가지 주의사항을 주었다. 길이라 해봐야 이전에 자동차나 가축들이 지나간 흔적을 말하는 것이었지만 도처에 산재한 위험요소에 살짝 겁을 먹었다. 아니나 다를까 집중해서 찬찬히 살펴보니 풀밭 안에는 군데군데 땅다람쥐 굴의 흔적이 제법 많아 보였다.

좀 전 모기의 사고로 인한 긴장도 어느 정도 풀려갈 때쯤 땡볕 아래 점심 식사가 차려졌다. 이런 한여름 트래킹에 그늘막 하나 준비하지 않은 이네들의 무심한 배려가 아쉬웠다. 애기는 서비스 정신은 어디다 두고 왔는지 밥도 먹지 않고 자기 차가 만든 손바닥만 한 그늘을 다 차지하고 드러누웠다. 말들도 따가운 햇볕을 피하고자 짧은 차 그늘 안에 제 대가리를 들여놓으려고 미꾸라지 떼처럼 꼬여있다. 햇빛을 그대로 받으며 짜증 나는 점심 식사를 하자니 스멀스멀 진상 고객의 따가운 맛을 보여주고픈 마음이 고개를 들었지만 참아야 했다. 몽골에서 그런 서비스 마인드를 애초에 기대해서는 안 되는 일이었다.

땡볕 아래 휴식 같지 않은 휴식을 마치고 다시 오후 일정을 시작했다. 단조로운 배경이 계속되었지만, 이상하게 지루하지가 않았다. 계속 언덕을 타고 넘다 보니 니콜라의 조언대로 경시에 빛춰 놈을 쓰는 것도 일이었다. 낮은 풀로만 덮인 언덕이기에 얼핏 보면 높이가 낮고 경사가 완만해 보이지만 막상 오르려면 가파른 경사와 높이를 실감하게 된다.

그렇게 오르내리기를 반복하다 어느덧 시야가 확 트인 몽골의 전형적인 넓고 평탄한 벌판으로 접어들자 투식이 자연스럽게 대형을 일렬종대에서 횡대로 유도했다. 서로를 옆에 두고 넓은 횡대로 대형이 갖춰지자 투식이 일행을 바라보고 앞으로 크게 손을 휘두르며 마부의 멋진 휘파람으로 말과 우리에게 신호를 보냈다. 미리 말 안 했어도 우리는 그것이 무엇을 의미하는지 알고 있었다. 마치 그 신호를 기다렸다는 듯이 누가 먼저랄 것도 없이 입으로는 '츄우! 츄우!' 크게 소리치며 뒤꿈치로 말의 배를 강하게 찼다. 말들도 즉각 반응하여 빠르게 앞으로 달리기 시작했다. 훅하고 달려 나가는 바람에 반동으로 목이 뒤로 젖혀질 정도였다. 속도가 빠르게 올라감에 따라 말의 거친 호흡과 기승자의 호흡이 같이 빨라짐을 느낄 수 있었다. 지축을 울리는 말발굽 소리는 심장의 진동과 맞아떨어졌다. 말의 상하 운동과 안장 위 기승자의 반동이 정확하게 일치하자 마치 말과 한 몸같이 착 달라붙으며 오히려 흔들림이 사라졌다. 속도가 최고조에 이르자 가슴이 뻥 뚫린 듯 벅차오르는 흥분에 저마다 자연스럽게 자신도 알아듣지 못할 괴성을 지르며 말을 재촉했다. 순간 서부영화에서 인디언들이 말을 달리면서 소리 지르는 장면이 떠올랐다.

승마 트랙킹을 시작한 지 겨우 이틀째임에도 팀원 모두가 자연스럽게 속도를 최대한으로 높였다. 그동안 말과의 친밀감을 키우면서 강도를 높여왔던 평보, 속보에서는 느낄 수 없던 일체감이었다. 말과 한 몸이 된 듯 동일한 심박으로 달려 나가는 감흥은 그야말로 이전에 경험해보지 못한 카타르시스를 느끼게 했다. 말의 거친 숨소리와 기승자 자신의 격한 호흡, 귓전을 휘몰아치는 바람, 초원을 내닫는 말발굽 소리가 조화로운 음악처럼 청각을 자극하고, 맞부딪히는 바람의 예리함이 촉각을 곤두서게 했다.

넓디넓은 초원을 일렬횡대로 박차고 달려 나가며 서로를 바라본 우리 일행의 얼굴에는 뿌듯한 자부심이 가득했다. 상만이는 내 옆에서 연신 '츄우'를 외쳐대며 말 달리기에 푹 빠져있었다. 그 눈에서 전에 볼 수 없던 깊고 밝은 빛을 발견할 수 있었다. 격한 운동으로 급속히 상승한 말의 체온이 기승자의 몸을 통해 전해지고 어느새 말의 귀까지 땀에 젖어 흥건할 때쯤 서서히 속도를 줄였다. 이제는 가쁜 숨을 몰아쉬는 말을 쓰다듬고 각자의 흥분을 가라앉히며 첫 질주의 감흥에서 서서히 벗어나고 있었다. 말이 안정적인 평보에 이르자 팀원들은 서로를 바라보며 눈빛으로 막없이 칭찬과 격려를 나누었다. 첫 번째 질주의 벅찬 감정을 음미하느라 누구도 쉽게 대화를 시작하지 못했다. 다만 니콜라가 무심히 지나치며 한마디 던졌다.

"이렇게 일찍 달릴 수 있게 되다니 정말 놀랐어요. 빈! 너무 꽉 붙잡고 있지는 말아요."

속도가 주는 두려움에 왼손으로 고삐를 쥐고 오른손으로는 안장머리를 물집이 잡히도록 꽉 움켜잡은 내게 주는 조언으로 알아들었다.

이후로는 평지를 만나면 전속력으로 질주하고 다시 걷기를 반복했다. 전속력 질주는 기껏해야 한 번에 몇 분을 넘기지 못했다. 말도 사람도 숨이 찼다. 그러나 몽골의 마부들은 말짱했다. 겨우 숨을 돌렸다고 느끼는 순간 또 달려 나갔다. 그러면 신이 나서 같이 말을 재촉했다. 다른 것 없이 그저 달린다는 것이 이처럼 기분 좋은 일이라니 전엔 상상조차 할 수 없었다.

"야아 달려, 달려. 와! 츄우."

"신난다. 달리자 상만아."

이대로 계속 달렸으면 했다.

두 번째 캠프의 밤은 어제의 교훈으로 텐트 설치 장소를 신중히 선택해 최대한 평평한 곳을 찾았다. 한 번의 경험 덕으로 한결 빠르게 텐트를 치고 나니 어제 캠프에서 아침에

씻은 이후 아직까지 씻지 않았음을 깨달았다. 말과 같이 호흡하느라 땀을 많이 흘렸지만 건조한 날씨 탓으로 찐득하거나 꿉꿉한 불쾌함은 별로 느끼지 못했다. 씻을 물이 없을 것을 미리 대비해서 챙겨 온 베이비 물티슈를 이용해 온몸을 닦아냈다. 이를 티슈 샤워라고 이름 지었다. 내친김에 등도 닦고 싶었으나 상만이에게 부탁하기에는 아직 어색하여 손 닿는 부분만 겨우 어찌 해결했다. 상만이도 뒤로 돌아앉아 조용히 티슈 샤워를 마쳤다.

저녁 식사 메뉴는 어제와 비슷했으나 시장이 반찬인지라 이번에는 임선생도 군말 없이 잘 먹었다. 오늘 밤에는 또 달이 너무 밝아 별 관측에 적당치 않다고 임선생이 실망하는 모습이다. 별 관측이란 게 이렇게 까다로워서 대중화되지 못했나 보다 했다. 맨눈으로 보면 저리 선명하게 별이 잘 보이는데도 전문가가 보기에는 아쉬운가 보다. 어제는 늦게까지 열심히 전화기를 들여다보며 게임이나 하던 아이들이 오늘은 막힘없는 들판을 자기들끼리 여기저기 뛰어다니며 즐겁다. 이번에는 상만이도 끼어있다. 어두운 반대편으로 니콜라와 모기, 여자들끼리 둘만 조용히 사라졌다 돌아왔다.

"모기, 어제 다친 곳은 어때요?"

줄곧 궁금한 몸 상태에 대해서 물었다.

"파스 붙였어요. 어깨보단 많이 괜찮아졌어요."

이들도 파스를 쓰나 보다.

"임선생은 홍콩에서 과학 교사라네요. 당신들은 어떤 일을 하기에 아들을 데리고 이런 여행을 결심했는지 궁금해요?"

니콜라가 곁에 앉으며 물었다. 우리 각자의 직업을 알려주었다. 내가 하는 일을 얘기할 때 잠깐 망설였다. 상만이가 궁금해한 적도 없고 물어본 적도 없지만, 왠지 속였던 것 같아 뜨끔했나 보다. 그러나 정작 나의 직업을 듣고도 상만이는 아무런 반응이 없어 보였다.

"흥미롭네요. 이런 조합이 가능하다니."

그건 나도 마찬가지였다. 서울 토박이인 내가 목장주, 목수, 게다가 홍콩 출신의 별과 사랑에 빠진 과학 선생님 그리고 금발의 모험가와 일행이 되어서 이런 오지에 오게 될 줄은 꿈에도 상상하지 못했으니까. 니콜라는 자신이 이제는 잠깐 들러 모험 여행의 경비를 조달하는 곳이 되어버린 독일에서의 직업, 그동안 다녀온 여행지 등에 대해서 들려주었다. 이 중에 그런 자유롭고 낭만적인 삶을 꿈꾸지 않았던 이 누구일까? 그런 동경의 삶을 직접 살고 있는 당사자를 만나니 오히려 현실감이 떨어졌다. 언젠가 한국에도 배를 타고 방문하고 싶다고 했다. 한국에 들르면 꼭 만나고 싶다는 의례적인 대화가 오갔다.

"형님, 소를 키우려면 이런 데서 쫙 풀어놓고 해 보고 싶은 마음 없어요?"

황사장에게 농담을 던졌다.

"웬걸 나도 태호랑 둘이서 한번 해보고 싶지. 태호야 아빠하고 같이 올래?"

"싫어. 아빠 혼자 와."

참 단호하다 이 아들. 그래도 아빠는 아들이 귀여운가 보다. 사람 좋게 웃는다.

"형님, 젖소에서 나오는 우유는 다 똑같은 거 아닌가요? 난 우유 맛 차이를 모르겠던데."

"뭔 소리야? 차이가 있지. 뉴질랜드 가서 우유 먹어 봤어? 아니면 말을 말어. 소 건강이나 컨디션을 잘 관리해야 맛있는 원유가 나오는 거야. 그걸 다 어떻게 설명하겠냐?"

내가 접해보지 못한 세계를 접하는 것이 여행의 묘미라면 이번 여행의 동행자들은 그 맛을 배가시켜주는 훌륭한 다른 세계이다. 황사장이 그 구수한 말투로 청산유수로 목장 일에 대해 썰을 풀기 시작했다.

"왜 우리나라가 구제역 청정국가를 유지하려고 그 많은 돼지를 생으로 죽여 가며 목을 매는지 알아?"

"구제역이 위험한 전염병인 거 말고 다른 게 있었어?"

"중국 때문이기."

"중국이요?"

"우리가 구제역 청정국 유지를 위해 노력하지 않으면 결국 값싼 중국산 고기 수입을 막을 명분이 없어지거든. 그게 뚫리면 우리나라 돼지 목장은 전멸하는 거야."

산채로 생매장되는 가축들과 그 시체가 만들어내는 침출수 등으로 동물에 대한 죄책감과 환경오염에 안타까움만으로 뉴스를 대했는데 그 뒤에는 치열한 경제논리와 국제무역의 복잡한 역학관계가 작동하고 있었다. 새삼 나만이 살고 있는 작은 세상을 다시 확인했다. 서로에 대해 더 많이 알아가며 그렇게 밤이 깊었다.

"말 정말 잘 타던데 언제 따로 배운 적 있어?"

잠자리에 들며 상만이에게 물었다.

"아니요."

"니콜라가 우리 중에서 네 자세가 가장 좋고 리듬을 잘 탄다고 전해주라던데. 그럼 배우지도 않았는데 자연스럽게 그렇게 된 거야? 우와 부러운걸."

답이 없다.

"아까 달릴 때 기분이 어땠어? 완전 집중 모드로 보였어."

"아무 생각 없었는데요. 기분은 좋았어요."

"나는 떨어질까 봐 겁도 났는데, 물론 말 위에 앉아 바람을 맞으면 기분이 엄청 상쾌하긴 했지. 어때, 말하고는 호흡이 잘 맞는 것 같아?"

"걔 꼬리가 뭉쳐 있잖아요. 빗겨 주고 싶어요."

"맞다. 상만이 네 말. 꼬리 뭉친 거 풀어주면 뭐라고 할까?"

"모르겠어요. 불편하고 힘들어 보여요."

"말이 불편해 보여 신경이 쓰였구나. 내일 아침에 투식한테 물어보자."

한참 동안 대답을 기다렸는데 살짝 코 고는 소리가 들렸다.

밤새 불편한 잠자리로 뒤척이다가 새벽녘에야 선잠이 들었는데 텐트 주위를 서성이는 낯선 기척에 또 금방 잠이 깰수밖에 없었다. 유목민들이 새벽부터 목초지로 풀어놓은 소들이 우리 야영지를 지나가며 알록달록한 텐트가 신기한 듯 따뜻하고 긴 혀로 한 번씩 핥고 지나가는 바람에 영 불안했다. 그리고 그놈들의 위협적인 숨소리는 텐트 안으로 비치는 그림자와 결합해서 더욱 증폭되었다. 서로의 체온으로 새벽녘의 한기를 녹이던 상만이에게 조금 더 가까이 다가가 누웠다. 혹시 소 떼가 놀라 텐트를 짓밟으면 어쩔까 하는 괜한 걱정 때문이었다. 소 무리가 그렇게 지나간 후로는 일찍 잠에서 깬 우리 말들이 가까이 다가와 풀을 뜯어먹기 시작했는데 그 풀 씹는 소리가 여간 리드미컬한 게 아니다. 아사

삭 아사삭 규칙적으로 풀 뜯어 먹는 소리를 가만히 듣고 있으면 마음이 편안해지는 명상음악 같았다.

익숙해질 만도 한데 결국 오늘도 그만 일찍 눈을 뜨게 되었다. 다행히 상만이는 이런 텐트 밖의 소동과 나의 뒤척임에도 아랑곳없이 편안한 잠을 이어가는 듯했다. 침낭 속에 푹 파묻혀 고요한 숨을 내쉬는 녀석을 보면 여느 또래보다 어리고 순진해 보이기까지 한다. 잠을 더 자긴 글렀으니 포기하고 조용히 텐트 지퍼를 열고 몸을 일으켰다. 밤새 바닥에서 올라오는 습기와 고르지 못한 잠자리로 잔뜩 움츠렸던 몸이 기지개를 켜니 한결 살 것 같았다. 이내 소똥, 말똥 냄새를 머금은 풀냄새를 맡으니 내가 있는 곳이 어디인지 오감으로 인식되며 정신이 잠에서 깨는 듯했다. 이 아침 초원의 냄새는 정말 강력한 기억으로 남을 것이 확실하다. 후각의 정보가 몽골의 초원에 대한 생생한 기억의 원천이 될 것이다.

작가 쥐스킨트는 그의 소설 '향수'에서 인간의 오감 중에 후각의 독특성을 이야기했다. 이 책을 읽으면 일반적으로는 주인공 장의 초인적인 후각의 민감성과 능력에 더 집중하게 될 테지만 나는 그가 아무런 체취를 갖고 있지 않다는 데에 더 이끌렸다. 주인공 장은 체취가 없이 태어났는데 몸에서 냄새가 나지 않는 그를 사람들이 백안시했다.

　사실 사람들이 어린아이의 몸에 코를 박고 그 좋은 향기를 맡는 행동을 일상적으로 하는 것을 알면서도, 사람에게서 냄새가 나지 않는다는 것이 어떤 결과를 일으킬지는 상상해 본 적이 없었다. 그만큼 후각은 본능적이고 기본적인 기능이라서 오히려 그 중요성을 인식 못 하는 감각인 것이다. 나도 한동안 후각 기능을 상실한 시기가 있었는데 정작 내가 냄새를 맡지 못한다는 것을 인식하지 못하고 있었다. 어느 날 집 서재에서 작업하고 있었는데 거실 콘센트가 합선되어 불이 붙은 것을 모르고 있었다. 다행히 마침 퇴근해서 들어오던 아내가 현관에서 타는 냄새를 맡고 급히 불을 꺼 큰 사고를 막을 수 있었다. 자신은 현관 밖에서도 맡을 수 있었던 타는 냄새를 왜 몰랐냐는 아내의 염려로 비로소 후각에 문제가 있음을 인식하게 된 것이다. 이후로도 약을 복용할 때만 잠깐씩 냄새를 맡을 수 있었는데 그때마다 주로 불쾌한 냄새가 먼저 감지되었다. 인상을 찡그리게 하는 혐오스러운 냄새는 위험을 알리는 경보기 같은 것이다. 생각보다 후각이 인간의 안전에 중요한 역할을 한다는 것을 깨달았다.

　소설에서 성장한 장은 일생일대의 향수 제조를 위해 신출귀몰 연쇄살인을 저질렀는데 체취가 없는 그의 인기척을 사람은 물론 예민한 동물들마저도 느낄 수 없었다. 희생자들과 그들을 지키는 사람들은 그렇게 어둠을 틈탄 그의 잠입을 전혀 감지하지 못한 채 속수무책 당할 수밖에 없었다. 연쇄 살인마가 된 주인공 쟝의 그로테스크한 죽음으로 작품이 끝나지만, 후각과 정체성의 관계에 대한 독창적인 접근을 경험할 수 있는 작품이었다. 주인공 쟝은 체취가 없었기에 겪은 정체성의 혼란을 최고의 향수를 만드는 것으로 대신하려 했다. 사람에게서 맡을 수 있는 체취는 그의 살아온 삶을 단번에 나타내는 정체성이 될 것이다.

다른 나라의 공항에서 느끼는 독특한 냄새로 그 나라를 기억한다고 하는 사람들이 많다. 내게 몽골은 이 아침의 초원 냄새로 기억될 듯하다. 그렇게 몽골을 냄새로 저장하고 있으려니 옆 텐트의 임선생이 힘겹게 낮은 텐트에서 몸을 빼내고 있었다.

갑자기 지난 새벽 소변을 보기 위해 깨서 본 환상적인 별 하늘을 자랑하고 싶어졌다. 우리의 숙영지는 높은 산이 둥그렇게 감싸고 서 있는 분지 지형의 산 중턱이었는데 지난밤 달이 저문 뒤에는 구름 때문에 별을 볼 수 없어서 임선생이 가져온 천체망원경을 조립하지 않았다. 그런데 어느새 바람이 구름을 몰아갔는지 새벽에 일어나 바라본 하늘은 구

름 한 점 없이 마치 천체투영관(planetarium)을 옮겨 놓은
것처럼 멋진 별들이 하늘을 수놓고 있었다. 내가 밟고 선 지
면을 제외한 180도 반원의 천체에 가득한 별들의 조명 속에
서 소변을 보게 될 줄은 상상하지 못했다. 마치 사진으로 본
달 표면에 서 있는 느낌이었다. 북두칠성이 건너편 능선 바
로 위로 손에 잡힐 듯 크게 누워있었고 은하수는 흘러내릴
듯 밤하늘 가득했다. 앞으로 그런 하늘을 볼 날이 많으리라
고 생각하고 혼자 감상을 마친 후 호들갑을 떨지 않고 잠이
들었는데 결과적으로는 여정 내내 최고의 하늘이었기에 임
선생에게 미안한 일이 되고 말았다.

3일

이틀째 만에 내달린 이른 구보의 영향이었는지 트래킹 셋째 날은 악전고투였다. 아침부터 양쪽 엉덩이뼈가 아파 안장 위에 앉아있기가 거북했는가 하면, 승마 전 반가운 마음에 달이에게 다가갔는데 녀석이 갑자기 움찔하며 앞발을 들었다 내려놓는 바람에 그 큼직한 발굽에 내 오른쪽 신발 앞쪽을 밟혔다. 다행히 신발만 물렸고 바닥이 물러서 부상 없이 발을 빼낼 수 있었다. 그 육중한 발굽에 제대로 밟혔을 것을 상상하니 오싹했다. 그동안 멋모르고 만만하게 봤던 승마였는데 이제야 본모습을 보이는 듯했다. 막내 율이는 엉덩이가 아프다며 오전에는 애기의 차를 타고 이동하기로 했고, 황사장 역시 무릎에 무리가 왔다며 오후에는 차로 이동했다.

"사실 우리들도 이렇게 여행하지 않은 지는 꽤 됐죠."

리마가 위로의 말을 했다.

몽골 현지인마저 이런 식의 승마 여행은 더 이상 흔한 일이 아닐 것이다. 오히려 외국 관광객의 전유물이 되었다.

"발등은 괜찮아요?"

"그건 뭐 문제없는데 얘가 말을 잘 안 들어, 리마."

"고삐를 좀 더 바짝 당겨 쥐어 봐요."

리마의 조언도 별 무소용이었다. 그동안은 호흡이 잘 맞는다고 생각한 달이가 슬슬 본래 성격을 드러내기 시작했다. 아침부터 내 발을 밟은 것을 시작으로 명령에 반항하기 시작했다. 달이는 대열의 맨 뒤에서 따라가기를 좋아했는데 앞에 말들이 초원을 빙 둘러 가는 것을 뒤처져서 기다렸다가 최단 거리로 가로질러 가는 꾀를 알고 있었다. 아주 경험이 많거나 영악한 놈이었다. 내가 아무리 앞서 나가려 재촉해도 자꾸 뒤로만 물러났다. 모든 말들이 빠른 속도로 달려 나갈 때도 마찬가지였다. 뛰지 않고 천천히 걸으면서 맨 뒤에서 바라보다가 앞서간 말들이 속도를 줄이면 나중에야 벌판을 가로질러 따라잡으려고 했다. 내가 고삐를 당겨 방향을 바꾸면 그때만 잠깐 따르는 듯하다가 가만히 두고 보면 곧 아무도 지나가지 않은 초원을 가로지르는 지름길로 힘을 아끼려고 했다. 그야말로 최소한의 체력만 쓰겠다는 뺀질이 본색이었다. 내내 뒤로 처지다가 투식이 쫓아와서 혼을 내야지만 달릴 때도 있었다.

달이의 영악함과 고집으로 어쩔 수 없이 나는 스스로 말의 속도를 제어하지 못하고 그냥 매달려 가는 신세가 되기도 했다. 언제 달리고 언제 속도를 줄일지 가늠이 되지 않다

보니 갑작스러운 속도 변화에 균형을 유지하기 위해 한 손으로 안장 머리를 더 꽉 움켜쥐어야 했다. 덕분에 오른 손가락에는 물집이 잡혔다. 한편으로는 꾀돌이 달이가 길이 아닌 풀밭으로 가로질러 막 달려가다 혹시 땅다람쥐들이 파놓은 굴을 잘못 밟아 넘어져 낙마하는 사고가 발생할까 봐 걱정도 되고 겁이 났다. 덕분에 몸도 마음도 피곤했다. 그렇게 달이가 말을 안 들을수록 고삐를 더 바짝 당기거나 배를 강하게 차며 압박하기 시작했다. 그래도 여전히 나의 부조(기승자가 말과 의사소통하는 신호체계)에 잘 따르지 않았다. 점점 짜증이 나기 시작했다.

모기의 낙마가 있고 난 뒤 니콜라가 모두에게 조언했었다. 중간중간 휴식 시간에 말이 머리를 숙여 풀을 먹으려 할 때 고삐를 바짝 당겨 못 먹게 하라는 것이다. 말이 머리를 숙여 풀을 뜯고 다시 고개를 드는 동작을 반복하다 보면 안장 뱃대가 느슨해지거나 풀어지면서 결국 안장이 말에서 분리되어 낙마하게 된다는 것이었다. 모기의 말이 놀라 날뛰긴 했으나 안장이 고정됐으면 떨어지지 않았을 텐데 느슨해진 뱃대로 인해 안장이 풀린 것이라 했다. 한국 승마장의 안장 벨트는 허리띠와 같이 가죽에 구멍을 뚫어 버클로 고정해 잘 풀리지 않지만, 가죽이 아닌 밧줄에 꼬챙이 핀으로 고정하는 이곳의 안장은 쉽게 느슨해졌다. 한편으로 풀을 뜯지 못하도록 고삐를 당기는 행위는 안장 위에 앉은 기승자 자신이 말의 주인임을 말에게 각인시키는 것이기도 했다. 충분히 배가 부르면서도 기회가 있을 때마다 식탐을 부리는 말일지라도 먹을 것을 못 먹게 하는 것이 안쓰럽긴 했으나 안전한 여행을 위해선 단호함도 필요했다.

리마가 몽골 마부의 경험에 따른 지혜를 덧붙였다. 말들은 이미 새벽에 하루 동안 먹을 양식을 충분히 섭취했다. 낮에 햇볕에 뜨거워진 풀을 먹게 되면 말의 소화기관으로부터 체온이 상승하면서 성질을 내게 되니 낮에 풀을 먹지 못하도록 하는 게 좋다는 말이었다. 하지만 이후로도 상만이는 자신의 말이 풀 뜯는 것을 제지하지 않고 오히려 놈이 고개를 숙이고 풀을 찾으면 고삐까지 놓아주고 허리를 숙여 말 목을 꼭 끌어안고 엎드렸다. 불안했지만 따로 얘기하지 않았다. 오히려 나는 달이에게 짜증 섞인 심통이 나 있었기에 잠시 쉬는 시간에도 고삐를 바짝 당기고 절대로 풀을 못 먹도록 소심한 복수를 하고 있었다. 서로 물러서지 않는 기싸움이 치열했다.

사고를 목격하기도 하고 말에 밟히기도 하고, 몇몇은 기승을 포기하고 차로 이동하기도 하면서 우리 팀에는 다소 의기소침한 기운이 감돌았다. 초반에 신선했던 풍경은 점차로 익숙해져 흥이 나지 않았고 뜨거운 햇빛을 가려줄 나무

한 그루 없는 땡볕 가운데의 휴식은 그다지 효과적이지 않았다.

모두 다 지쳐 갈 즈음 언덕 하나를 넘자 때마침 형형색색의 야생화가 한가득인 꽃밭이 나타났다. 아니 꽃밭이라기보다는 꽃천지가 더 정확한 표현이라 할 수 있겠다. 광활하게 펼쳐진 꽃밭을 말 위에 앉아 바라보며 가로지르자니 외계의 별을 걷는 느낌이었다. 저마다 전화기를 꺼내 사진 찍기에 여념이 없었다. 상만이에게 포즈를 취하라고 했으나 이 경치에서도 녀석은 사진을 거부했다. 이처럼 지루해질 만하면 또 다른 풍경과 사건이 여행에 생기를 불어넣기를 반복했다. 니콜라가 이 꽃이 에델바이스라 알려줬다.

에델바이스 꽃천지에서 흠뻑 향기를 머금은 지 얼마 지나지 않아 낮은 벌판에 이르자 이번에는 온몸을 온통 검은 털로 감싼 야크 무리가 나타났다. 야생인지 주인이 있는 놈들인지 알 수 없지만, 이 거대한 동물들이 여기저기 흩어져 풀을 뜯거나 일광욕을 즐기고 있었다. 보기만 해도 더웠다. 말위에서 그 험악하게 생긴 놈들하고 눈을 마주치며 바로 스치듯 지나가는 순간의 긴장감은 승마와는 또 다른 짜릿함이 있었다. 야크가 우릴 그다지 경계하지 않는다는 걸 깨닫자 일행이 또다시 전화기를 꺼내 야크 무리 속의 자신을 카메라에 담기 시작했다. 이번에는 상만이도 사진을 거부하지 않았다. 손가락을 들어 V 포즈를 취하기까지 했다.

세 번째 숙영지도 역시 나무라곤 찾아볼 수 없는 언덕이었다. 낮에는 그렇게 시끄럽게 짝짓기에 여념 없던 벌레들도 쌀쌀한 밤공기에 숨어버린다. 한여름임에도 모기 걱정할필요가 없다. 그렇지만 모기는 여전히 낙마하면서 당한 등부상이 호전되지 않았는지 이따금 고통스러운 표정을 지었다. 책임감 때문인지 내색은 하지 않지만 움직임이 부자연스러웠다. 밤을 따뜻하게 보내기 위해 불을 피우기로 했다. 모두가 땔감으로 쓸 소똥과 말똥을 찾아 나섰다. 충분히 마른 말똥, 소똥은 잘 건조된 건초더미나 다름없는 좋은 땔감이다. 그리고 그 땔감은 몽골의 초원에서는 지천이어서 어디서나 쉽게 구할 수 있었다. 숙영지 주위를 잠시만 돌아도각자 충분한 양을 모아 올 수 있었다. 율, 상만, 태호가 서로 장난인 듯, 경쟁인 듯 내달리며 똥을 한 아름씩 모아 왔다. 서로 먼저 발견했다며 이리 뛰고 저리 뛰며 웃음이 끊이질 않는다. 그러다 덜 마른 똥에 미끄러지기도 했다.

땔감이 하얀 연기와 구수한 향기를 피우며 열기를 전달하자 리마가 몽골 목동의 노래로 목가적인 분위기를 한층 고조시켰다. 알아듣지는 못하지만, 고음의 노래 선율은 목동이 이로움을 노래하는 듯 저 멀리 풀을 뜯는 가축들에게 전해질 것 같았다. 온통 칠흑 같은 밤하늘을 바람도 없어 곧게 하늘로 올라가는 하얀 연기, 붉은 모닥불 가에 앉아 듣는 목동의 노래, 이보다 더 평화로울 수가 없었다. 잠깐이었지만 상만이가 하늘로 올라가는 연기를 보며 눈물을 보인 것 같았다. 분위기에 취해 황사장이 보드카를 돌렸다.

"아빠, 또 술 마셔? 확 내가 다 마셔 버린다!"

태호가 아빠 술 마시는 것에 질색하면서 분위기를 흐렸다. 그 말이나 행동이 좀 지나친 감이 없지 않았으나 두 부자의 소통 방식이 늘 그랬으므로 보아 넘겼다. 임선생은 홍콩에서 잘 볼 수 없는 별을 보는 것이 너무 좋다며 감격해했고, 김목수가 리마의 노래에 답가로 '별이 진다네'를 불렀다. 노래의 전주 중에 나오는 시골 여름밤의 개구리 소리, 개 짖는 소리, 벌레 소리, 물소리들이 인상적인 노래다. 이 노래를 들으니 대학생 시절 강원도 정선 깊은 산골로 떠났던 농촌봉사활동이 떠올랐다. 가만히 따뜻하게 타오르는 붉은 모닥불을 바라보고 있으니 마음이 은근히 풀어지면서 추억이 새록새록 했다. 이런 게 불멍인가 보다.

나의 첫 번째 농촌봉사활동은 학부 1학년 5월의 싱그러운 봄날에 시작되었지만, 날씨와는 상반되게 기차의 연착으로 강원도의 깊은 산골 마을로 들어가는 마지막 버스를 놓치고 말았다. 10명 정도였던 우리 농활대의 대장 기태형은 다음

날 아침부터 예정된 밭일에 폐를 끼칠 수 없다며 밤 산길을 걸어 마을로 들어가기로 결정했다. 모두 그 결정에 토를 달지 않았다. 형은 목표를 정하면 우직하게 밀고 나가는 카리스마형 리더였다.

몽골의 벌판과 마찬가지로 그 당시 강원도 외진 산골의 밤은 그야말로 불빛 하나 없이 달빛에만 의지하여 길을 가야 했다. 선배들은 이미 몇 번 다녀온 마을이지만, 걸어서 그것도 밤길에 가는 것은 처음이었다. 길도 확실치 않아 무섭고 두려운 어둠 속에서 우리의 무모한 젊은 낭만과 함께한 노래가 바로 그 당시의 투쟁가가 아닌 서정적인 '별이 진다네'였다. 어둠 속에서 들리는 개구리 소리와 개울물 소리를 반주 삼아 몇 번이고 반복해서 이 노래를 부른 끝에 새벽녘 마을의 불빛을 발견했다. 급히 마중 나온 마을 청년회장 형님의 긴장된 얼굴을 보고서야 비로소 우리가 얼마나 위험한 일을 저질렀는지 알았다. 요즘 유행인 야간산행을 아무런 장비도 없이 해낸 것이었다.

일주일간의 고된 봉사활동의 마지막 밤, 전우애로 똘똘 뭉친 우리들은 활동을 정리하는 평가회를 마치고서야 처음으로 술잔을 기울였다. 기태형이 다가와 어깨동무를 하며 말했다.

"성규야, 나는 너랑 무척 가깝다고 생각했는데 생각해보니 너에 대해 알고 있는 것이 많이 없더라."

"형, 술 그만 마셔요. 취해서 마을 분들한테 실수하면 안 되잖아요."

"그건 내가 알아서 한다. 난 네가 마음을 다 안 여는 거 같아서 그게 안타까워. 난 너한테 숨기는 거 없는데."

그런 식의 다짜고짜 직구로 들어오는 얘기는 받아내기 힘들었다. 말을 한 사람은 괜찮았지만 난 그런 얘기를 들으면 그때부터 그들을 피해 다녔다. 나의 안전거리 범위 안으로 들어오려는 사람들은 여지없이 밖으로 밀려났다.

비록 노래에 나온 한국의 여름밤 개 짖는 소리는 없었지만 몽골 여름밤의 분위기가 나를 추억 속으로 빠져들게 했다.

"빈! 여기 모두들 너무 특별하고 좋다고 모두에게 통역 좀 해 줘요."

니콜라가 우리 팀이 너무 좋다며 살짝 취기가 올라 말했다.

"특히 아이들이 너무 예뻐요. 독일에 오면 꼭 찾아오세요. 단, 내가 독일에 있다면 말이지만."

태호의 걱정이 있었지만, 몽골의 보드카는 아무리 마셔도 취하지가 않았다. 어느새 대자 한 병이 비워졌다. 아이들은 봉지라면으로 야영의 참맛을 보며 즐거워했다. 그렇게 밤이 깊었다. 온종일 말을 타며 보냈을 뿐인데 하루가 꽉 찬 느낌이다. 누가 먼저랄 것도 없이 모두들 그 자리에 드러누워 말 없이 별을 바라보았다. 하늘 가득한 별을 바라보며 조용히 시간이 흘렀다. 별 가득한 하늘은 그저 넋을 놓고 바라보게 만드는 힘이 있었다. 별명의 효과였을까 뜻밖에도 상만이가 내게 조용히 한마디 했다.

"저 목표가 생겼어요."

녀석이 먼저 말을 꺼낸 것도 신기한데 그 내용이 목표 설정이라니, 엄청난 일이 아닐 수 없었다.

"목표? 그래 어떤 건데?"

"끝까지 완주하려고요. 차 안 타고."

"멋진데, 말 타는 거 보니 정말 자연스럽게 잘 타더라. 꼭 할 수 있을 거야."

"..."

"성공하면 기분이 어떨까?"

역시 대답이 없었다. 어떻게라도 대화를 이어가고 싶어 화제를 바꿨다.

"아까 야크하고 찍은 사진 볼래? 봐봐 너무 잘 나왔어."

슬쩍 고개를 돌려 사진을 보는 듯하더니 곧 다시 시선을 하늘을 향하고는 아무 말이 없었다.

"아까 연기 바라볼 때 눈물을 본 것 같은데 연기가 눈에 들어갈 상황은 아니었던 것 같고… 내가 잘못 본 거니?"

상만이의 어깨가 미세하게나마 움츠러들었다. 듣든 말든 내 얘기가 하고 싶어졌다. 내가 자진해서 내 생각을 얘기하다니 스스로가 낯설었다. 얘는 듣는 건 몰라도 말은 없는 아이니까 내 얘기가 다른 데로 새 나갈 걱정은 안 해도 괜찮을 것이다. 그런 면에서는 달이나 비슷했다.

"달이한테 심통이 났었어. 내 말을 안 들으니까 화가 났지. 지가 하고 싶은 대로 하는 거야. 그래서 일부러 더 험하게 다뤘어."

말을 멈추고 가만히 생각했다.

"김목수 아저씨 말 봤지? 얼마나 잘 달리디."

뭔가 울컥했다.

"그게 더 속상했나 봐. 말하다 보니 알겠다. 비교했구나. 내일은 달이한테 미안하다고 해야겠다."

왠지 마음이 편안해졌다. 그날 밤은 오랜만에 깊은 잠이 들었다.

그 봄 5년 후

상만이가 그동안 잊고 지냈던 별을 보기 위해 몽골에 가기로 했다는 얘기를 한 그날 밤 어찌 된 일인지, 전처가 세상을 떠난 지 1년도 넘어서야 비로소 처음으로 만나러 가야겠다는 결심을 하게 되었다. 내 인생에서 다시 보고 싶은 별, 그동안 의식 아래에 묻혀있던 별을 만나야 했다. 마지막 전화를 받지 못한 것도, 다시 전화 걸지 않은 것도, 그의 죽음에 소리 내어 크게 울어주지 못한 것도 이제야 생각났다. 아니 먼저 이혼하자는 말을 들었을 때, 아무 변명도 안 한 일도, 그를 만나서 행복했던 순간마저도 미안했다.

아내는 늘 내 곁에서 마주 보길 원했지만 나는 늘 같은 방향을 바라보길 원했다. 늘 앞을 바라보던 나는 그를 보지 못해 알 수 없었지만 나를 바라보던 그는 외로웠다. 궁금하다. 그는 눈을 마주 보지 못하는 내 옆얼굴에서 어떤 감정을 읽었을까? 내 인생의 가장 빛나던 별이 서서히 그 빛을 잃어가는 동안에도 나는 알아차리지 못하고 우주의 반대편으로 잠시 숨었다. 그리고 그 별이 수명을 다하고 사라진 뒤에야 다시 나타났다.

폭염 때문인지 봉안당에는 추모객들이 아무도 없었다. 그런 쓸쓸한 곳에 아내가 홀로 기다리고 있었다고 생각하니 늘 따뜻했던 그가 더 그리웠다. 안치단 영정 사진 속의 아내는 내가 사랑하는 그 모습 그대로 나를 바라보고 있었다.

안치단은 단출했다. 사진 옆에는 책 한 권이 놓여있었다. 어디 높은 데서 떨어졌던지 하드커버 책의 표지 모서리 꼭지가 뭉뚝하게 웅크려져 있었다. 파울로 코엘료의 '오 자히르'. 결혼 생활 중에 언제인지 모르지만 내가 아내에게 읽어보라고 건넨 책이었다. 아내가 그 책을 읽는 모습을 본 기억이 없었기에 이곳에 자리 잡고 있는 책이 어색하게 느껴졌다. 내가 한번 읽고 건넨 책임에도 여러 번 읽은 흔적이 역력했다. 아내가 곁에 두고 자주 펼쳐본 것이 분명했다. 그래서 이곳에 같이 넣어둔 모양이다.

조심스럽게 책을 꺼내 넘겨보았다. 나에게는 책을 읽으며 감명 깊은 부분이나 기억하고 싶은 구절이 있으면 그 페이지를 접어 표시하고 나중에 다시 읽는 습관이 있는데 내가 책장을 접어 표시해 놓은 구절들이 그대로 접혀 있었다. 그때의 내 감정과 지향이 그대로 다시 살아나는 구절들을 찾아 읽었다. 이런 구절에 감명을 받았다니 부끄럽기도 하고 그 치기가 오히려 그립기도 했다. 한참 빠져 있던 작가의 소설이라 접어놓은 페이지가 꽤 많았다. 가만히 책장을 넘기다 보니 내가 접어놓은 페이지에 아내도 같이 밑줄을 그어 표시한 공통된 구절이 몇 군데 있었다.

'그들은 점점 무언가의 노예가 되어갔다. 부모의 욕망의 노예, 타인과 '여생을' 함께하기로 약속한 결혼생활의 노예, 체중계의 노예, (중략) 그들은 '아니'라고도 '지나간 일'이라고도 말할 수 없는 사랑의 노예였으며, (중략) 자신의 의지에 따라서가 아니라 다른 누군가가 그게 더 가치 있는 삶이라고 말했기 때문에 그렇게 살기로 결심한 삶의 노예.'

'없는 것이 있다면 책을 쓸 용기였다. 나는 내 꿈을 추구할 가능성을 충분히 갖추었다. 하지만 시도했다가 실패한다면 그 후의 삶이 어떻게 될지 알 수 없었다. 그래서 잘못될지도 모를 위험을 무릅쓰기보다는 그저 가슴속에 꿈으로 간직하는 쪽을 택했다.'

삶의 정수를 찾는 구도자의 길을 추구하는 작가의 주제 의식을 드러내는 구절이기도 하고 당시 한참 작가의 그런 면에 매료되어 있었기에 내가 그 구절들을 표시해 둔 것은 지극히 당연한 일이었다. 반면 나와는 대조적으로 무척이나 현실적인 아내가 무슨 이유로 이 구절들을 기억하려 했을까

의문이었다. 문득 책을 읽으면 SNS에 그 기록을 남기는 아내의 독서습관이 떠올랐다. 아내가 세상과 이별한 지 1년이 지났지만, 다행히 접속이 가능했다. 아내는 이 책을 읽고 어떤 생각을 했을까? 마치 다시 대화를 나누는 느낌으로 하나하나 게시글을 읽어 나갔다. 페이지를 넘기다 마침내 책의 제목과 표지 사진을 발견했다. 떨리는 손으로 손가락을 움직여 페이지를 열었다. 읽었다는 말과 책 표지 사진 외에는 아무 내용도 없었다. 날짜를 확인했다. 2015년 4월 16일. 아내가 이혼서류를 말없이 내려놓던 날이었다. 나는 그동안 그에게 무슨 짓을 했던 것인가?

　책의 내용과 아내의 갑작스러운 이혼 선언 간의 연관성을 상정하기에는 무리가 있었다. 그 당시 나의 상태라면 누구라도 나와 부부생활을 지속하긴 힘들었을 것이다. 그럼에도 얼마간이라도 아내의 이혼 선언에 영향을 주지 않았을까 하는 껄끄러운 마음을 지울 수 없었다.

　아내는 이혼 후 얼마 지나지 않아 발병하여 오랜 투병 생활을 했다. 내가 워낙 다른 사람들과 교류가 없다 보니 우연이라도 그런 소식을 듣지 못했다. 아내 역시도 내게 알리지 말라고 신신당부했다. 병세는 호전되었다가 악화하기를 반복하고 좋을 때는 무리 없이 교사 생활을 이어가기도 했다. 잘 지낸다는 아내의 소식을 공교롭게도 마침 그때 들었나 보다.

　그러나 마지막으로 입원했을 당시에는 더 이상 손을 쓸수 없는 정도가 되어 모두가 마음의 준비를 하고 있었다고 했다. 그러다가 갑자기 병실을 몰래 빠져나와 비상계단에서 발견된 후 급격히 상태가 나빠졌다. 그리고는 갑자기 혼수상태가 되어 영원히 깨어나지 못하게 되었다. 내가 받지 못한 전화는 실수였을까? 아님 하고 싶은 말이 있던 것일까? 나의 전화를 기다렸을까? 풀지 못한 숙제를 안고 몽골로 떠났다.

4일

아침에 달이를 만나자마자 눈을 마주 보고 어깨를 쓰다듬
으며 내 솔직한 마음을 전했다.

"오구오구! 보구 싶었어. 달아."

덩치가 산만 한 달이를 두고 손바닥만 한 반려견 대하듯
난데없이 민망한 애교 섞인 인사가 나왔다. 그 동물이 크나
작으나 관계없이 주인은 비슷한 애교를 부리는 것 같다. 아
주 생각도 못 한 애교를 말이다.

"달아! 어제 내가 너무 세게 했지? 미안해. 김목수 말하고
비교했어. 아니, 사실 김목수가 잘 타는 게 부러웠어. 그걸
네 탓 하다니 미안해."

아무리 동물에게라지만 이건 평소의 내 말투가 아니었다.
왠지 낯간지러웠다. 하지만 돌려 말하지 않고 마음속의 얘
기를 솔직하게 했다. 사람이 동물이나 어린 아기에게 이처
럼 스스럼없이 어린양을 부릴 수 있는 것은 인간의 아기나
동물이 말을 할 수 없기 때문인 것 같다. 말을 안 하니 듣기
만 하고 내 행동이나 말을 다른 누구에게 옮기지 않을 것이
라는 믿음. 그 믿음이 우리를 그들 앞에서 거짓 없게 한다.

녀석이 귀를 쫑긋 세우고 유심히 듣더니 입술을 '푸르륵' 풀며 고개를 연신 끄덕인다.

"그래, 이해해 줘서 고마워."

달이의 촉촉하고 큰 눈이 내 마음을 호수같이 덮었다. 같이 잠잠해졌다.

넷째 날 오전에는 임선생이 무릎이 아프다며 차를 타고 이동하기로 했다. 나는 첫날부터 엉덩이에 사이클 탈 때 쓰던 패드를 착용했기에 엉덩이가 까지고 뼈가 멍드는 고통은 그나마 다소간 줄여주고 있었다. 상만이는 니콜라가 옆에서 최고라고 칭찬할 정도로 자연스럽게 말의 리듬을 타며 기승하고 있어 특별히 부담 가는 신체 부위가 없어 보였다. 말하자면 자신의 말과 한 몸같이 움직인다. 한 몸이라 아직도 이름을 지어 주지 않았는가 보다.

라이딩 중에 마치 강바닥인 듯 물길의 흔적이 있는 마른 모래 줄기에 이르자 바닥에 커다란 철판이 보였다. 비가 오면 마른 땅에 잠시 물이 흐르면서 강이 되는 곳인가 보다. 철판을 옆으로 치우자, 지면 아래로 커다란 우물이 있었다. 철판 곁 모래 바닥에는 커다란 물바가지와 드럼통을 잘라 만든 여물통 같은 것이 놓여있었다. 유목민들이 공동으로 사용하는 가축용 우물이었다. 그리고 보니 말들이 존처럼 물을 마실 기회가 없었는데 유목민들만 아는 우물인가 보다. 투식이 커다란 바가지로 여물통에 물을 채우자 11마리의 말들이 일제히 모여들었다. 덩치가 제일 큰 달이 놈이 급하게 한 발을 여물통에 들여놓고 자리를 잡는 못된 짓을 했다. 내가 위에서 아무리 뒤로 무르려고 해도 말을 듣지 않았다. 얘는 나를 시험에 들게 한다. 아침에 그리 알았다고 고개를 끄덕이더니만. 말들이 물을 쭉쭉 빨아들이는 소리는 실로 엄청났다. 거대한 물줄기가 두꺼운 호스를 통해 깊은 동굴로 떨어지는 것 같은 울림이 있는 소리였다.

말들이 갈증을 채운 후에는 마트에 들러 물자를 보급한다고 했다. 말을 타고 쇼핑을 가는 것이다. 분명히 몽골의 대형 마트에는 말을 묶어둘 만한 주차장이 아닌 주마장 같은 공간이 있을 것이라는 밑도 끝도 없는 확신이 들었다.

"몽골 마트에는 말 주차장이 있을 거야?"

모두들 그럴듯하다고 흥미롭게 기대했다. 정말 허허벌판에 덩그러니 현대식 대형 마트가 자리 잡고 있었다. 멀리서부터 마트를 향해 전속력으로 질주했다. 아쉽게도 주변이 온통 벌판인 이런 대형마트라 해도 주차장에 말 전용 주차공간은 없었다. 다만 마트 주위로 마트의 구획을 알리는 울타리가 있어 말을 묶어두고 아무런 불편 없이 쇼핑을 즐길 수 있었다. 헬멧 같은 장비들은 높이 자란 풀숲에 아무렇게나 던져 놓아도 감쪽같이 숨길 수 있었다.

아이들을 예뻐하는 니콜라가 아이들에게 아이스크림을 하나씩 사주기로 했다. 대장인 태호가 신이 나서 아이스바 하나가 아닌 떠먹는 아이스크림 한 통을 고르자 동생들도 따라 하나씩 골랐다. 니콜라에게 조금 미안했으나 아이들은 아이들이었다. 차가운 아이스크림을 통째로 앉은 자리에서 비우느라 두통을 호소하면서도 결국 각자 깨끗이 한 통씩을 비웠다. 우리는 아주 오랜만에 깨끗한 화장실과 수돗물을 원 없이 사용할 수 있었다. 양변기에 편하게 앉아도 보고 세면대 수도꼭지에 머리를 대고 시원하게 씻기도 했다.

요리에 일가견이 있는 김목수가 우리 입맛에 맞는 음식을 만들어 주겠다며 닭고기며, 라면이며 식재료를 많이 구입했다. 황사장은 담배와 보드카를 챙겼다. 니콜라는 독일에서 즐겨 먹던 초콜릿을 발견하고 신기해하며 집어들었다. 어른들은 시원한 캔맥주를 사서 마트 앞 땡볕에서 바로 들이켰다. 이렇게 되면 음주 승마다. 구매한 물건들을 애기의 차에 먼저 가득 실어 보냈다.

오후의 라이딩은 차량으로 이동하는 낙오자 없이 모두가 함께했다. 그런데 쨍쨍하던 하늘이 어느새 어두워지더니 갑자기 소나기가 쏟아지기 시작했다. 진로를 방해할 만한 산이 없어서인지 몽골의 벌판과 하늘을 구름도 거침없이 빠르게 달리는가 보다. 순식간에 온 하늘이 검게 변했다. 곧 쏟아지는 엄청난 비에 말들이 똑바로 가지 못하고 모로 가기 시작했다.

"저 앞에 게르가 있어요. 모두 힘내요."

목동의 눈을 가진 리마가 게르가 보인다며 자신을 따라오라고 소리쳤다. 장대 같은 비와 물안개로 시야가 흐린 마당에 멀리 조그만 게르를 발견했다니 놀라울 따름이었다. 비에 젖은 풀에 미끄러지지 않게 조심하며 리마를 따라 말을 몰았다. 역시나 아무것도 없을 것 같은 언덕 중턱에 정말 게르 하나가 덩그러니 자리 잡고 있었다. 말을 게르 밖에 묶어두고 들어가려는데 게르 앞에 방금 벗겨낸 듯한 양의 거죽이 펼쳐져 있었다. 빗속에서도 폴폴 김이 올라오고 있었다. 신기해할 틈도 없이 곁눈질로 살피며 급히 게르 안으로 들어갔다.

몽골의 유목민들은 자신의 집에 찾아온 손님들을 그냥 돌려보내지 않는다고 한다. 그도 그럴 것이 그 옛날 나그네에게 유목민의 게르는 여정 중에 언제 만나게 될지 모르는 드문 보급처이기 때문이다. 그건 현대에도 마찬가지다. 만약 집주인이 손님으로 맞기를 거부하게 되면 광야에 내쳐진 그 나그네는 다른 게르를 만나기 전에 굶주림과 추위에 지쳐 길바닥에서 죽을지도 모를 일이다. 그런 전통으로 유목민은 게르를 비워두고 일을 나갈 때도 나그네가 들어와 쉴 수 있도록 문을 잠그지 않는다고 한다.

우리 일행이 비를 피해 들어간 게르에는 6명의 가족이 방금 잡아 따뜻하게 찜한 양고기를 나눠 먹고 있었다. 뜻밖의 손님임에도 주인들은 반갑게 웃으며 따뜻한 화로 근처 자리를 양보해 주었다.

한숨 돌리자마자 집주인은 우선 시큼한 막걸리 맛이 나는 마유주를 내왔다. 마유주가 한 바퀴 돌자 이번에는 주인이 직접 김이 모락모락 나는 양고기를 잘라 우리에게 한 점 한 점 떼어 주었다. 나는 다행히 순대 비슷한 부위를 권유받아서 거부감 없이 먹을 수 있었다. 주인이 보기만 해도 비위가 상하고 냄새까지 심한 콩팥 부위를 누구에게 줄까 두리번거리기에 우리가 주인에게 황사장도 젖소를 키우는 목동이니까 좋아할 거라고 장난을 쳤다. 역겨운 냄새를 풍기는 콩팥을 받은 황사장은 안타깝게도 싫은 내색을 못 하고 고기를 받아 꿀떡 삼켰는데 이후로는 내내 양고기를 먹지 않았다. 상만이는 마유주를 처음 맛보고 인상을 쓰는가 싶더니 끝내 남김없이 다 마셨다. 다행히 양고기도 나랑 같은 부위를 받아 잘 먹었다. 그러더니 언제 챙겼는지 색연필 세트를 그 집 아이들에게 선물했는데 너무나 기뻐하는 아이들과 부모를 보면서 웃음이 떠날 줄 몰랐다. 까까머리의 그그미힌 사내아이가 색연필을 받자마자 노트에 말 그림을 그려 자랑스럽게 보여주었다.

"게르는 남쪽으로 문을 내요. 남쪽으로 난 문을 바라보고 오른쪽은 남자의 공간, 왼쪽은 여자의 공간입니다. 여자의 공간을 보시면 주방 도구가 보이죠?"

몇 개의 양은 냄비가 다인 단출하기 그지없는 부엌이었다. 모기가 몽골 전통 게르에 대해 설명을 시작했다. 손님이 앉아야 할 위치, 게르 안과 밖에서 해서는 안 되는 행동 등 생소한 그들만의 관습을 알려줬다. 좁디좁은 게르지만 따라야 할 규칙과 금기는 수없이 많았다. 잠깐 내린 소나기를 피하며 융숭한 대접을 받은 답례로 라면이며 구급약품 등을 막 쫓아온 애기의 차 안 우리의 짐에서 찾아 선물했다. 주인이 소주는 없냐고 짓궂게 묻기에 다음에 올 때 가져오마고 약속했다. 이 게르를 다시 찾을 수만 있다면 말이다. 갑작스런운 소나기 덕분에 뜻밖으로 현실판 유목민의 게르에서 소중하고 따뜻한 휴식을 취할 수 있었다.

어느새 비가 그친 후, 따뜻한 사람들의 정을 뒤로하고 말을 달려 숙영지에 도착할 때쯤에는 하늘이 완전히 개었다. 그리고 숙영지에 도착한 얼마 후 초록 단색의 광활한 초원 위로 완전히 반원을 이룬 무지개가 알록달록 나타났다. 이쪽 지평선에서 시작하여 저쪽 지평선에 닿는 진정한 무지개 다리가 완성된 것이다. 카메라 광각 기능, 파노라마 기능 뭘

쓰더라도 제대로 담아내기 불가능한 크기였다. 그 완벽한 반원 아래에서 카메라 각도를 옮겨가며 무지개를 미끄럼틀 삼아 타고 내려오거나 말처럼 올라타는 사진 찍기 놀이를 한참 했다. 늘 어디선가 끊겨버리고 마는 무지개를 볼 때는 몰랐는데 이렇게 완전한 형태의 무지개를 보고 있자니 무지개의 영어 이름이 rainbow인 이유를 알만했다. 저 비의 활을 당겨 나를 실어 보내면 하늘에 닿을 것만 같았다.

마침 니콜라가 지나가며 우리를 향해 손짓하기에 상만이와 함께 따라갔다. 그를 따라 언덕 꼭대기에 다다르자 뾰족뾰족 날카롭고 험한 바위들이 나타났다. 잔뜩 긴장하여 엉금엉금 기다시피 하며 뾰족한 바위를 돌아 반대편으로 나오자 지금까지와는 전혀 다른 세상이 발아래로 펼쳐졌다. 시야 아래로 아담하게 봉긋하거나 선이 날카로운 언덕의 봉우리들이 겹겹이 눈 닿는 끝까지 이어져 석양에 황금색으로 물들어있었다. 우리나라에서 보는 화려한 색상의 석양과는 다른 소박한 아름다움이 있었다. 날카로운 봉우리는 최근에 생성된 것이고 부드럽게 봉긋한 언덕은 오래전에 만들어진 것이라고 했다. 시간이 오랜 시간을 두고 그 흔적을 만들고 있었다. 보이는 곳 어디에도 인공적인 것은 찾을 수 없었다. 마치 다른 별에 떨어진 듯 지금까지 본 적 없는 광경이었다. 한참을 서로 아무 말 없이 바위에 걸터앉아 해가 낮아짐에 따라 짙어지는 그림자로 뚜렷이 구별되는 봉우리 양쪽의 명암대비와 초원의 빛을 감상했다.

"빈과 상만에게 이걸 보여주고 싶었어요."

니콜라가 정적을 깨며 말했다.

그 말을 듣자 내게 너무 꼭 쥐고 있지 말라는 전날의 충고가 떠올랐다. 그의 눈에 내가 꽉 쥐고 놓지 않고 있는 것이 안장머리만이 아니었나 보다.

"멋지다. 이런 경치가 있었네. 따라오길 잘했지?"

상만이도 이 광경에 반했는지 해가 언덕들 아래로 완전히 숨을 때까지 꼼짝 않고 말없이 지켜보고 있었다.

"아저씨, 달이한테 사과했어요?"

내 말을 그냥 흘려듣지는 않았다.

"그래. 한번 봐준다고 하더라."

"안 받아주면 어떻게 하려고 했어요?"

"그러게나 말이다. 그건 미처 생각 못 했었는데…. 사과를 안 받아 준다라…. 거참 난처하겠다. 너는 친구한테 사과했는데 받아주지 않으면 어떻게 할 건데?"

"사과 안 받아줄 줄 알면서 자기 편하자고 사과하는 사람이 더 문제죠."

"진심으로 미안한 마음도 없으면서 말로만 잘못했다고 한다면 그럴 수 있겠지."

"아니요. 진심으로 사과하고 싶은데 그게 안 될 때요."

무슨 일이냐고 묻고 싶었지만 조금 더 기다리기로 했다.

"답답한 상황이네. 사람들이 진실 된 마음은 결국 통한다고 말을 하지만 현실에서 항상 맞는 말은 아닌 거 같아."

"진실이니 진정이니 하는 말이 무슨 소용 있겠어요? 듣지를 못하는데."

상만이는 눈앞의 풍경에 시선을 고정한 채 말을 했다. 이런 말을 하면서 어떻게 그럴 수가 있을까 할 정도로 말의 내용과는 달리 부드럽고 온화한 어조였다. 나는 고개를 옆으로 돌려 그런 그 아이를 지켜봤다. 무슨 일인지 몰라도 상만이의 진심을 들어주지 않는 상대에 대한 야속한 마음이 들었다.

"너무하다. 그렇게까지 화낼 일이란 어떤 걸까?"

"화 안 냈어요. 그냥 용서를 할 수 없는 거죠."

다시 길을 잃었다. 상만이는 진심을 전하려는 사람일까? 그 진심을 거부하는 사람일까?

"화도 안 났는데 나의 진심 어린 사과를 듣지조차 않는다면 내가 오히려 화가 나겠는데. 너는 어떠니?"

"참아야죠. 내가 잘못한 건데."

기태형이 걱정했던 것이 이건가? 용서를 구하고자 진심으로 노력했으나 끝내 좌절해서 어느 때부터인가 우울히고 뒤로 물러서 침체된 이 아이의 모습.

"많이 힘들었겠구나."

"나 아니에요."

해가 지고 나서도 한동안 빛이 남아 있었다. 멍하니 바라보다 일행에 합류했다. 그리고 이 여행의 잠재된 위험이 뜻밖의 상황에서 표면으로 드러났다.

저녁 시간 내내 붙어 다니던 아이들에게서 심상치 않은 분위기가 감지됐다. 어느 순간부터 상만이가 두 아이와 거리를 두고 떨어져 나와, 자신의 말 가까이에서 꼼짝을 않고 있었다. 황사장이 당황해서 태호에게 자초지종을 물었다.

"몰라. 내가 어떻게 알아."

"인마, 왜 몰라. 여태 같이 놀아놓고."

"아 정말 모른다니까. 아빤 내 말을 믿질 않아."

"태호는 모르는가 본데 놔두세요. 율아 넌 상만이 형이 왜 그러는지 알아?"

김목수가 나섰다.

"태호 형이 상만이형 친구 없다고 놀렸잖아."

황사장이 안절부절못하고 태호에게 험악한 눈초리다.

"놀렸다고? 아니 난 그냥 이 양 뼈 나한테 다 양보하길래, 넌 친구들 선물 안 챙기냐, 선물 줄 친구도 없냐고 물어본 것뿐이야. 정말 그 말 때문에 그런 거야? 뭐야! 내가 뭘 어쨌다고!"

스텝들이 선물로 아이들에게 나눠 준 몽골 전통놀이용 양 뼈를 필요 없다고 태호에게 다 주었나 보다. 태호 입장에서 는 억울한 일이었다. 태호도 마음이 상해서 혼자 텐트로 들 어가 버렸다. 황사장이 붉으락푸르락 따라 들어가려는 걸 말렸다.

"형님, 태호가 일부러 그런 것도 아니니 두세요. 애들이 놀다 보면 있을 수 있는 일이잖아요. 내가 얘기해 볼게요."

빨리 상황을 정리하고 싶어 말은 그렇게 했지만 상만이의 마음이 궁금했다. 만난 지 얼마 안 됐지만, 그처럼 별것 아 닌 이유로 발끈할 녀석이 아니라고 생각했다. 상만이는 이 곳의 소동과는 상관없이 저만치서 내내 자신의 말을 어루만 지고 있었다.

"말하고 무슨 얘기해?"

물론 대꾸는 없었다. 과묵하기로는 뒤지지 않는 그의 말도 마찬가지로 상만이를 대신해서 귀띔해주지는 않을 것이다.

"추운 데 더 있으려면 옷 좀 가져다줄까?"

"아니요. 괜찮아요."

웬만하면 괜찮다는 아이다.

"말이 감각이 아주 예민해서 사람들보다 더 인간의 감정 을 잘 캐치할 수 있다는 얘기가 있어. 들어봤니?"

마침 옆에 같이 있던 달이의 얼굴을 쓰다듬으며 이야기했다. 달이가 내 쪽으로 목을 내밀며 다가왔다. 기분이 좋은지 '푸르륵' 입술을 푼다. 체온이 따뜻하게 전해졌다. 상만이는 자기 말의 코를 쓰다듬으며 눈을 맞추고 있었다.

"네."

"아까 달이가 내 사과 받아준 것 같다고 했잖아? 근데 오늘 봤지? 얘 여전히 내 말 안 듣잖아. 투식이 말만 잘 듣고. 사람하고 비슷해. 알았다고 해도 잘 안 변해. 나도 미안하다고 해 놓고는 계속 짜증 내고 있더라고."

달이가 자기 험담하는 걸 알아들었는지 꼬리를 한번 강하게 휘두르고 뭘 그런 얘기를 하냔 듯이 긴 고개를 옆으로 돌려 내 어깨를 미는 바람에 상만이 곁에 바짝 다가서는 모양이 되었다. 상만이가 은근 이야기에 관심을 보이기에 조금 더 들어갔다.

"네 말하고 많이 친해졌지? 걔가 지금 너한테 뭐라고 할 것 같아?"

"친구니까 같이 있자고…"

상만이가 갑자기 울컥하며 말을 끝맺지 못하더니 잠깐 사이에 눈에 눈물이 고이고 목이 잠겼다. 상만이는 말의 커다란 머리를 어깨에 올리고 말의 목덜미를 쓰다듬으며 울음을 안 들키려고 쿨럭거렸다. 나도 조용히 다가가 말의 다른 쪽 목덜미를 같이 쓰다듬어 주었다. 말이 얌전히 손길을 받아들였다.

"고마운 말이네. 상만이가 좋은 친구가 생겼구나."

"아저씨, 나는 얘가 좋아요. 걱정되기도 하고. 얘도 나를 좋아할까요?"

"네 마음을 말도 잘 느끼고 있을 거야. 얘가 그랬잖아. 친구라고."

시간이 얼마나 지났을까. 얌전히 있던 말이 머리를 상만이에게 비벼대며 장난치듯 우리를 밀어냈다. 마치 '밤이 깊었다. 그만 자라.'라고 말하는 것 같았다. 찰떡같이 알아듣고 텐트로 향했다. 텐트로 들어와서 티슈 샤워를 준비했다.

"서로 등 닦아주자. 찝찝해서 안 되겠다."

그냥 한번 던져봤다. 그런데 뜻밖에도 녀석이 손을 내밀어 티슈를 받아 갔다. 얼른 등을 돌려 까 보였다. 쓱쓱 두 장의 티슈로 땀을 걷어냈다. 성의껏 하는 느낌이었다.

"우! 개운하다. 자 너도 등 대."

"전 됐어요."

"되긴 뭐가 돼. 어서."

"됐어요."

이쯤에서 포기하는 게 맞다. 아까 무슨 일이 있었는지 묻고 싶었다.

"아까 태호랑은 무슨 일이 있었던 거니?"

"별로 말하고 싶지 않아요. 형한테 화난 건 아니었어요."

"그렇구나. 태호는 자기 때문에 화난 줄 알고 걱정하는 거 같던데."

"저 누구 때문에 화내고 그러지 않아요. 그냥 생각할 게 있었어요."

"너는 그냥 생각할 시간을 가진 건데 다른 사람들이 화난 거 같다고 지레짐작한 거네."

"뭐 제 잘못이죠. 그렇게 볼 수도 있으니까."

"아까도 그렇고 지금도 다른 사람 입장에서 생각해보다니 대단한데."

"아저씨 제 얼굴 좌우가 비대칭으로 보이지 않아요?"

두 번째 만난 날도 같은 질문을 했었다. 말을 돌리려는 의도일지라도 진지하게 받아들여야 할 것 같았다.

"글쎄, 잘 모르겠는걸. 신경이 쓰이나 보구나. 많이 달라 보여?"

"아니요. 됐어요. 내 등도 좀 닦아 주세요."

뜻밖의 제안에 놀랐지만, 얼른 티슈를 꺼내 들었다. 녀석의 등을 티슈로 훔치는데 자세히 보니 등부터 옆구리 방향으로 손톱으로 긁힌 듯한 자국들이 희미하게 남아있었다. 상태로 보아 최근의 상처는 아니었다. 궁금했지만 묻지 않았다. 오랜만에 뽀송뽀송한 기분으로 잠자리에 들었다.

그 봄 4년 후

구급차의 사이렌 소리가 20층 병실까지 날카롭게 파고들었다. 평소와는 다르게 신경에 거슬렸다. 구급차 소리는 끊임없이 가까워졌다 멀어지기를 반복했다. 병실 침대에 누워 바깥의 소란에 귀 기울이던 지영은 궁금함을 이기지 못하고 침대에서 힘겹게 몸을 일으켰다. 읽던 책을 가슴팍에 올려둔 것을 깜박해서 그만 책이 바닥에 떨어지며 부딪혀 모서리가 뭉뚝해졌다. 하마터면 발등을 찧을 뻔했다. 병실 바닥에 발이 닿자마자 발바닥을 침으로 찌르는 듯한 통증이 느껴졌다. 책에 찍혔다면 아마 그대로 일어나지 못할 것 같았다. 어제까지만 해도 걷는 게 이렇게까지 힘들지는 않았는데 하루가 다르게 통증이 심해지는 것을 느낄 수 있었다.

'이런 몸을 하고도 아직 무슨 궁금한 것이 있다고'

스스로도 호기심을 주체치 못하고 거추장스러운 움직임을 하고 있는 자신이 귀여워 못 견뎌 웃음이 새어 나왔다. 구부정하게 책을 주워들어 읽던 부분에 책갈피를 꽂아 침대 머리맡에 올려놓았다. 신체의 병이 정신을 지배한다고 요즘 들어 표시를 꼼꼼히 해 놓지 않으면 도대체 어디까지 읽었는지 헤매기 일쑤였다. 남편이 읽어보라고 건넨 책인데 벌써 몇 번째 읽었지만 읽을 때마다 늘 새로운 느낌을 주는 책이었다. 창가까지 겨우겨우 걸음을 옮겨 며칠 만에 바깥세상을 내려다보았다. 겨울의 막바지쯤에 입원한 후로 이제는 어느새 봄의 절정일 텐데 바깥은 온통 미세먼지로 가득했다. 봄꽃들의 알록달록함이나 하늘의 푸르름은 어디서도 찾아볼 수 없었다.

그 와중에 바쁘게 오가는 구급차의 빨간 경광등 불빛만이 두꺼운 먼지층을 뚫고 병실까지 상황의 위급함을 전하고 있었다. 가만히 살펴보니 환자를 내려놓고 나가는 구급차는 얼마 없고 어디선가 구급차가 끊임없이 들어오고만 있었다. 건너편 아파트 너머로는 인근의 유명한 고층빌딩이 먼지구름 위로 뾰족이 솟은 상층부만 얼굴을 드러내고 있었다. 자세히 보니 그 빌딩 어딘가에서 검은 연기가 피어오르고 있었다. 뭔가 심상치 않은 일이 벌어진 것이 틀림없었다.

TV 뉴스를 확인하기 위해 리모컨을 찾았으나 어디에 뒀는지 기억이 나지 않았다. 자신이 병실에 꼼짝없이 누워 있는 것에 아랑곳없이 잘만 돌아가는 세상에 심통이 나 억지로라도 멀리하고 있던 TV였다. 그래도 몸을 살짝이라도 움직이니 통증에 적응이 되는지 다리를 옮길 때마다의 고통은 한결 익숙해졌다. 옆에 세워져 있던 이동식 링거걸이를 끌어당겨 의지해 침대맡 환자용 개인사물함으로 갔다. 장 안쪽 구석 어디엔가 처박아 둔 것 같은데 까치발에 팔을 있는 힘껏 뻗어 뒤지는 일도 현재의 몸 상태로는 제법 고된 일이었다.

'환자용 사물함을 이렇게 깊이 만들다니, 병실 가구를 이 따위로 만드는 것만 봐도 아픈 사람이 살아가기 참 힘든 세상이야.'

몇 번의 헛손질 뒤에 겨우 딱딱한 리모컨에 손이 닿았다.

'며칠 만에 처음으로 뭔가 간절히 찾은 것이 겨우 이딴 리모컨이라니.'

스스로의 모습이 우습긴 했지만 그래도 찾아냈다는 것이 마음을 흡족하게 했다. 남편은 늘 지영이 물건을 어디다 두었는지 헷갈리기 때문에 자신이 꼭 곁에서 챙겨줘야 한다고 걱정과 핀잔을 주곤 했다.

'이걸 봤어야 했는데….'

작은 전원 버튼을 눌러 TV를 켰다. TV 전원이 꺼져있다는 알림이 나왔다. 무턱대고 전원 버튼을 또 눌렀다. 이제는 입력 신호가 없다고 한다. 짜증을 그대로 리모컨에 표출해서 계속 꾹꾹 눌러댔다. 그나마 그런 행동이 현재의 몸 상태에서 할 수 있는 가장 과격한 감정표현이었다. 드디어 화면이 제대로 나오기 시작했다. 채널이 그나마 병원에서 즐겨

보던 여행 전문 케이블에 맞춰져 있었다. 한 여행 전문가가 몽골의 유목민 생활을 체험하는 내용이었다. 가축 주인과 같이 말을 타고 염소 떼를 몰아 돌아오는 모양이다.

'내 카디건을 어디 뒀더라?'

염소를 보니 옷감 상할까 봐 입지도 못하고 옷장 안에 고이 모셔둔 부드러운 감촉의 캐시미어 카디건이 떠올랐다. 남편에게 생일 선물로 받은 옷의 그 따뜻하고 포근한 감촉을 다시 한번 맛보고 싶었다. 그렇게 텔레비전을 켠 이유를 잊은 채 광활한 초원과 그 위를 자유롭게 달리는 말들에 시선을 뺏기고 집중했다.

말도 사람도 거친 호흡을 내뿜으며 달리고 달렸다. 가축을 몰고 돌아온 사내들에게 유목민의 아내가 따뜻한 음료를 내왔다. 아이들과 개가 주위를 신나게 뛰어다녔다. 저녁이 되어 온 식구가 모닥불에 모여 식사를 하는 뒤로 세상의 모든 별들이 모여들었다.

'그래 결심했어. 병원을 나가면 저기 가서 말을 타야지. 지금부터 남은 내 생에 버킷리스트 1호야.'

벌써 몇 번째 버킷리스트 1호인지 알 수 없었다. 죽을 날짜를 받아놓은 채 병원에 있다 보니 자꾸 하고 싶은 일들이 늘어갔다. 이제는 생각날 때마다 일일이 적어놓아야겠다고 생각했다.

그때 다시 한번 날카로운 사이렌 소리가 그를 현실로 돌아오게 했다. 얼른 정신을 가다듬고 채널을 마구 돌려보았다. TV 보는 것에 익숙하지 않아 무작정 채널 변경 버튼을 눌러 채널을 돌렸다.

바쁘게 돌아가던 화면에 지금 창밖으로 보이는 연기가 피어오르는 빌딩의 원경을 똑같이 비추고 있는 채널에서 멈췄다. 뉴스 속보였다. 자막에는 'C타워. 원인불명 화재 발생. 진화작업 중.'이라고 쓰여 있었다.

지영의 TV 볼륨은 언제나 가장 낮게 잡혀있었다. 병원에서도 역시 볼륨을 키우지 않았다. 최근에는 병세가 나빠짐에 따라 청력도 예전 같지 않아서 집중하고 들어야 들을 수 있었다. TV 내용을 들으려면 소리를 크게 해야 하는데 내 상태를 남한테 자랑하는 것 같아 싫었다. 더군다나 요즘 TV는 너무 시끄럽고 무엇보다 자막이 이미 모든 것을 말해주는 경우가 많음으로 건강할 때 집에서도 굳이 소리를 키워본 일이 없었다. 남편은 집이 너무 적막하다는 말을 자주 했다. 그 일이 있기 전까지만 해도 남편은 늘 집안에서 지영을 위해 뭔가를 분주히 하고 있었다. 그게 요리이든 청소이든. 자상하고 배려 깊은 사람이었다.

뉴스를 진하는 앵커는 이떤 자극적인 소식에도 평상심을 유지하는 것이 뉴스 앵커의 미덕인 양 뉴스를 전달하는 표정이 여느 때와 크게 다르지 않았다. 문자와 표정만으로 파악하려다 보니 지영도 앵커와 마찬가지로 뉴스에서 그다지 긴박감을 느낄 수 없었다. 최첨단 빌딩에서 화재가 발생해 봤자 금방 진화되거나 몇몇이 연기를 마시고 쓰러졌다 회복하는 정도일 거라 생각했다. 저곳에서 놀라거나 대피 중에 서로 뒤엉키는 바람에 가볍게 다친 사람들이 가까이 있는 큰 응급실이 있는 이곳으로 이송되는 것일 거라 추측했다. 다만 큰 빌딩에서 불이 났으니 뉴스로 보도가 되는가 보다 했다. 화면이 아닌 병실 창밖을 통해 보는 실제의 연기도 그다지 크거나 강력해 보이지 않았다. 더 커질 염려도 필요 없었다. 금방 호기심이 사그라들었다. 그래도 이왕 보기 시작한 뉴스를 계속 자막으로 시청하기로 했다.

'C타워 화재 진정국면'

기다리던 소식이었지만 미안하게도 다소 맥이 풀렸다. 아직까지 화재의 원인이나 최초 발화점에 대한 명확한 규명이 없었다. 다만, 30층 피난층과 다음 60층 피난층 사이를 오가는 승강기 기계실에서 용접작업이 진행 중이었다고 했다. 뉴스를 대충 보아도 그렇고 병원 밖의 돌아가는 분위기를 보아도 상황이 정리되어 가는 것 같았다. 바로 그때 화면 속 뉴스 진행자의 표정이 급격히 어두워지더니 급히 무슨 말인가를 전하기 시작했다. 바로 이어서 자막이 떴다.

'금마시 중학생 10여 명 C타워 엘리베이터에 고립된 듯.'

뉴스 볼륨을 키울 수밖에 없었다. 대신 병실 문을 꼭 닫았다. 금마시라면 지영이 근무 중인 중학교가 있는 곳이다. 그곳에 두 곳의 중학교가 있어서 자신의 학교라고 확신할 수는 없었지만 조금 전까지의 아파트 건너 불구경 상황은 아닌 게 되었다. 앵커의 긴박한 목소리를 듣게 되자 점점 현실감이 커져가기 시작했다.

뉴스에 따르면 화재는 2시간 전 처음 신고됐다. 화재가 발생하면 엘리베이터를 이용하지 않는 것은 상식이다. 그렇다면 지금 엘리베이터에 갇힌 이들은 최소한 2시간 전에 엘리베이터에 탑승했을 가능성이 높았다. 뉴스의 패널들이 저마다 정확지 않은 정보를 통해 각자의 추론을 소리 높여 경쟁하고 있었다. 지영은 방송이 저런 쓸데없는 추측으로 시간 낭비하지 말고 고립된 이들을 빨리 구조할 수 있도록 도움이 되길 바랐다.

일행에 따르면 화재경보가 울리기 전 친구들과 엘리베이터에 타고 점심 식사 집결 장소로 출발한다는 전화 통화가 있었다는 것이다. 어디서 출발하는지 정확한 위치는 알 수 없었다. 현장체험학습을 온 한 학급 학생들이었다. 아니길 비깄지빈 블리 치리된 인디서 최면에 비킨 교복읕 통헤 그들의 학교를 확인할 수 있었다. 지영의 제자들이었다.

최첨단 빌딩답게 화재는 크게 번지기 전 자동 방재 시스템으로 통제되었고 큰 피해를 남기지 않고 서서히 진화되어가고 있다고 했다. 그러나 화재와 함께 안전을 위해 자동으로 한꺼번에 차단되었던 전자기기들을 동시에 재가동시키면서 문제가 발생했다. 전자기기의 재가동은 용량의 문제로 순차적으로 해야만 했다. 물론 비상 전원을 가동했지만 수많은 승강기 모두를 체크할 수 없었다. 급히 이뤄진 전원 차단과 진화를 위한 소방 스프링클러 작동 등으로 물을 잔뜩 머금어 전원이 공급되어도 제대로 작동하지 않는 전자기기들의 숫자가 늘어났다. 층층이 배치된 통신 중계기도 마찬가지였다. 정상작동과 오작동을 오가는 기기들이 산재했다. 예상 밖의 상황이었다. 뉴스가 전파를 타자 행방 확인이 안 된 사람들에 대한 제보가 속속 접수되었다.

'중학생 6명 포함 10여 명 행방 확인 중'

다시 자막이 바뀌었다. 더 이상 기다릴 시간이 없다고 판단한 구조대원들은 일일이 수 십 대의 승강기 문을 층마다 열고 확인키로 했다. 뉴스 앵커가 스포츠 중계하듯 이들의 일거수일투족을 전하기 시작했다.

'왜 이제야….'

안타까웠지만 부디 빨리 구조되기를 빌었다. 그러나 곧 안 좋은 소식이 전해졌다. 넓은 타워 곳곳에 산재한 엘리베이터실을 확인하던 구조팀 중 한 팀이 문을 연 엘리베이터 실에 검은 연기가 가득하다는 것이었다. 모든 진화인력과 장비가 한 곳으로 투입됐다. 엘리베이터실 바닥이 호수가 될 정도로 물이 퍼부어졌다. 가득한 연기를 장비를 동원하여 빼냈다.

어느 정도 연기가 걷히자 46층에 멈춰 선 승강기를 확인할 수 있었다. 구조대원들은 무거운 방화복과 방화 신발을 신은 채로 계단으로 달리기 시작했다. 그들은 시간이 자신들의 편이 아니라는 것을 경험적으로 알고 있었다. 계단에는 아직도 빌딩의 최고층부로부터 걸어서 대피하여 내려오고 있는 사람들의 행렬이 있었다. 거추장스러운 방화복을 입고 좁은 계단에서 그들을 피해가며 달려 올라가다 보니 속도가 붙지 않았다. 마음이 급해진 구조대원 몇몇은 방화복을 벗어 던지고 도끼 하나만을 들고 달리기 시작했다. 대피하던 사람들이 질서정연하게 계단 한쪽으로 비켜서며 구조대원들에게 박수와 함성으로 응원을 보냈다. 혼신의 힘을 다해 올라가던 구조대원 몇몇이 구토를 하며 중간에 쓰러졌다. 다른 대원들은 쓰러진 동료를 보살필 틈도 없이 계속 계단을 전속력으로 달렸다. 계단에도 연기가 아직 많이 남아 있었기에 호흡이 어려웠다. 산소 호흡기까지 내팽개치고 날린 이들은 거의 초주검이 되도록 사투를 벌인 끝에 마침내

46층에 다다랐다.

'실종자 9명 승강기에서 발견. 의식불명'

지영은 가만히 앉아 있을 수 없었다. TV의 전원을 그대로 둔 채로 이동식 링거걸이를 지팡이 삼아 의지한 채 병실 밖으로 나섰다. 병실마다 뉴스를 시청하며 안타까운 탄식들이 터져 나왔다. 간호사들의 눈을 피하고자 간호사 스테이션 반대편 비상 계단실 문을 열었다. 응급실은 이 큰 병원의 1층 반대쪽 끝에 있었다. 무슨 정신인지 링거걸이를 밀어 두고 계단 난간을 의지한 채 걸어 내려가기 시작했다. 하지만 현재의 몸 상태로는 애초에 불가능한 일이었다. 몇 계단 내려가지 못해 정신이 아득해졌다. 호흡도 가빠지고 곧 쓰러질 것 같았다. 도움이 필요했다. 주머니에서 전화기를 꺼냈다. 단축번호 1번을 꾹 누르자마자 지영은 정신을 잃고 말았다.

지영이 다시 눈을 뜬 곳은 자신의 병실 침대 위였다. 모든 게 익숙했다.

'또 나쁜 꿈을 꿨구나.'

하지만 불안한 마음을 지울 수 없었다. 정신을 가다듬고 병실을 둘러보니 자신의 몸에 거추장스러운 의료장비들이 무수히 연결되어 있었다.

'삐삐'

규칙적인 기계음이 정신을 아득하게 했다. 탁자 위에는 읽던 책과 TV 리모컨이 가지런히 놓여 있었다. 일어나 앉고 싶었으나 기계와 연결된 줄들이 자신을 옭아매고 있어 꼼짝할 수 없었다. 뉴스를 확인하고 싶었다. 하지만 누워있는 그대로 속절없이 시간만 지나갔다. 그때 병실 문이 열리며 동생이 물병을 들고 들어왔다.

"누나 깼네."

말을 하고 싶었으나 목소리가 나오지 않았다. 호흡기가 연결되어 있었다.

"걱정 마! 잠깐 정신을 잃은 거래. 그나저나 계단에는 왜 간 거야? 위험하게시리."

지영은 비로소 꿈이 아니었다는 사실을 깨닫고 절망했다. 안타까움에 눈물이 흘렀다.

"누나, 왜? 아파?"

눈물에 놀란 동생을 안심시키고자 눈을 감은 채로 가까스로 고개를 저었다. 동생은 누나가 잠깐 정신을 잃은 환자에게 이처럼 복잡한 생명유지장치를 연결할 리 없다는 것을 알아챈 것이 아닐까 염려됐다.

"조금이라도 아프면 얘기해. 아참! 말은 신 되겠구나."

지영은 그런 상황에 의문을 가질 여유가 없었다. 오직 엘리베이터에서 발견된 그 아이들이 무사하기만을 바랄 뿐이었다. 자신이 병에 걸린 사실을 알게 된 이후 이처럼 뭔가를 간절히 원했던 적이 있었던가? 제자들이라지만 모르는 아이들일 수도 있고, 학기 시작 전에 입원한지라 혹시 신입생이라면 더욱 그럴 테지만 그런 것들에 상관없이 그들의 생존을 필사적으로 기도했다. 마치 자신의 삶을 위한 기도 같았다.

"웬 조그만 사내애가 계단에서 누나를 발견했어. 걔 아니었으면 누나 어떻게 됐을지 몰라."

동생은 마지막 말은 하는 게 아니었다고 후회했지만 이미 어쩔 수 없었다.

"응급실에 가봐야 한다고 급하게 가는 바람에 고맙단 얘기도 못 했네. 그러고 보니 20층에서 응급실 가는데 뭐가 그리 급하다고 계단으로 가려고 한 걸까 걔는?"

지영은 비록 몸은 자유롭지 않으나 정신만은 또렷했다. 동생이 뭐라 하든 그 정신을 집중해서 기도하고 또 기도했다.

'신이시여. 제발 아이들을 살려주세요. 저의 마지막 소원입니다.'

자신이 가망이 없다는 것은 이미 진작부터 알고 있었다. 다만 온전히 혼자가 될 동생에게 포기하는 모습으로 실망을 줄 수 없었다. 계단에서 정신이 아득해 올 때 마지막을 예감하고 동생을 부탁하고자 그에게 전화하려고 했으나 뜻을 이루지 못했다.

'똑똑'

그때 누군가 병실 문을 두드렸다. 동생이 문 쪽으로 나갔다 돌아왔다.

"누나 학교 선생님들이 병문안 오셨어. 괜찮겠어?"

다행이었다. 평소 같았으면 절대로 보이고 싶지 않은 모습이었겠지만 일이 어떻게 되었는지 알아내려면 어쩔 수 없었다. 어렵게 눈을 깜박이고 고개를 끄덕여 신호를 보냈다.

선생님들의 표정은 넋이 나가 있었다. 사고 수습을 위해 허겁지겁 올라왔을 것이다. 그 와중에 지영을 보러 올라올 짬을 어렵게 내었다. 그들의 흔들리는 눈과 마주쳤다. 그들의 눈을 통해 사실을 알아내려 아무리 노력해도 도무지 알 수가 없었다. 그저 깊은 슬픔만이 읽혔다. 한동안 말 없는 침묵이 흘렀다.

"오선생님, 우리가 온다 온다 하면서 이제야 왔네. 부디 기운 내서 돌아와 줘요."

공기가 무겁게 내려앉았다. 그들이 인사를 마치고 돌아서서 나가자 동생이 배웅을 위해 따라나섰다. 힌둥인 문밖에서 대화를 나눈 후 동생이 어색한 표정으로 돌아왔다. 지영은 기도를 멈추지 않았다.

"누나, 그래서 계단에 갔었어? 그 몸을 하고서."

동생이 침대 옆에 의자를 옮겨 앉으며 말했다. 그의 듬직한 두 손으로 지영의 왼손을 꼭 잡았다.

"그러다 무슨 일 생기면 난 어떡하라고? 무슨 사람이 이렇게 이기적이야."

그랬다. 남편도 지영에게 이기적이라고 했었다.

"누나가 걱정한다고 결과가 달라지진 않아. 건강해져서 그 애들 응원하러 가야지."

가만히 누워있다 보니 생각에서조차 말꼬리를 붙들고 늘어지게 되었다.

'결과가 이미 나왔다는 건가? 아직 희망이 있다는 말인가?'

지영은 필사적으로 기도했다.

'얼마 남지 않은 제 시간을 나눠서라도 저 아이들을 살려주세요. 제 대신 세상을 더 누리도록 기회를 주세요.'

지영이 다시 눈을 떴을 때는 시계가 새벽 2시를 가리키고 있었다.

'또 정신을 잃었었나 보네.'

동생이 소리가 나지 않는 TV를 지켜보고 있었다.

'엘리베이터 구조자 전원 사망. 사인은 질식사'

자막이란 잔인하다. 사건의 형태만을 전한다. 그 글자 어디에도 안타까움이나 분노, 슬픔도 미안함도 없었다. 동생이 TV 전원을 끄고 지영에게 다가왔다. 지영은 모른 척 다시 눈을 감았다. 눈물이 귀를 지나 베개 시트를 적셨다. 그리고 다시 깊은 잠에 빠져들었다. 꿈인가? 몽골의 드넓은 초원을 말을 타고 달리고 있었다.

5일

어느새 여정의 딱 절반에 와 있었다. 말을 타고 달리는 것 외에는 이렇다 할 이벤트랄 것도 없는데 지루하거나 단조롭지가 않다. 가만히 앉아 멍하니 먼 곳을 바라보는 일마저 충만한 시간으로 채워진다.

어제 찜찜한 밤을 보낸 아이들이 여전히 데면데면하다. 상만이는 특별한 것이 없어 보이는 데 반해 평소 활달한 태호가 부쩍 힘이 빠져 보인다. 오늘 아침은 눈만 마주쳐도 그렇게 으르렁대던 아빠와도 조용하다. 두 아이 사이를 일부러 중재하기보다는 자연스러운 기회가 생기길 기대했다.

우울하거나 갑갑한 마음들은 말을 힘껏 달리고 나면 어느 정도 해소가 되는 것도 같았다. 힘든 여정으로 인한 피곤함으로 어쩔 수 없이 사소한 것들에 서로에게 살짝 서운함 마음이 생기기도 했는데 우렁찬 말발굽 소리와 함께 한동안 소리를 지르며 달리다 보면 어느새 그 서운함이 사라지고 서로 눈이 마주치면 웃고 있었다.

오전 라이딩에서는 황사장이 큰 변을 당할 뻔했다. 헬멧이 불편했던 태호가 고쳐 쓰기 위해 말 위에 오른 채로 헬멧을 벗어 황사장에게 건네는 순간 황사장의 말이 그림자에 놀라 갑자기 미친 듯이 달리기 시작했다. 헬멧을 받기 위해 잠시 고삐를 손에서 놓고 있던 황사장이 재빠르게 말 등에 바짝 엎드려 버텨 보려 했으나 결국 말에서 내팽개쳐지듯 뛰어내리는 꼴이 되고 말았다. 천만다행으로 다치진 않았지만, 그가 말에서 뛰어내리는 순간 말의 뒷다리에 채일 뻔한 아찔한 장면이 연출됐다. 안도의 한숨 속에 태호는 자신의 행동이 가져온 아빠의 위험에 적잖이 충격을 받은 것 같았다. 아까보다 얼굴이 더 핼쑥해졌다. 투식이 달아난 말을 따라가 진정시켜 데려오자 황사장이 아무 일도 없었다는 듯이 말의 어깨를 쓰다듬고 올라탔다.

"형님, 괜찮아요?"

김목수가 걱정스레 물었다.

"놀랐네. 괜찮아. 태호, 놀랐지?"

황사장이 무심한 척 아들을 챙겼다. 태호는 아직 놀란 가슴이 진정되지 않았는지 멍해 있다. 녀석에게는 유난히 힘든 어제오늘 일 것이다.

리마와 투식이 하늘을 보더니, 오후에는 비가 올 것 같다고 했다. 말이 놀라지 않도록 펄럭이지 못하게 우의를 꺼내 꼭 조여 매고 입었다. 어제 내린 소나기 정도라면 이렇게만 해도 충분하다고 할 수 있었다. 아니나 다를까 출발하고 얼마 가지 못해 연이어진 언덕을 지나가는데 저쪽부터 먹구름이 빠르게 밀려오더니 갑자기 주위가 어두워지기 시작했다. 사방 막힌 곳이 없으니 멀리서부터 먹구름이 또렷하게 보였다. 어제의 먹구름은 그 크기의 경계선이 시야에 들어왔고 그 끝에는 밝은 햇살이 비쳤는데 이번 구름은 그 끝을 볼 수가 없었다.

목동들의 예감대로 빗방울이 한두 방울씩 떨어지기 시작했다. 금세 빗줄기가 점점 강해지더니 이내 엄청난 폭우로 변했다. 어제의 비는 예고편에 지나지 않았다. 모자와 우의 위로 우두두둑 떨어지는 빗방울 소리가 커지더니 급기야는 눈앞을 가늠하기 어려울 정도로 퍼붓기 시작했다. 말들은 눈을 똑바로 뜨기 어려운지 정면으로 가지 못하고 옆걸음질치기 시작했다.

이대로는 너무 위험했다. 말들이 진흙에 한 발씩 미끄러지며 뒤뚱거렸다. 그러나 사방을 둘러봐도 나무 하나 없는 언덕뿐이었다. 그 가운데 빗줄기는 점점 더 강해지고 있었다. 내린 빗물을 당분간이라도 저장하고 붙잡아둘 나무 한 그루 없는 풀뿐인 언덕이다 보니 정상에서부터 지표면을 타고 흘러내린 물줄기들이 합쳐지고 갈라지며 순식간에 커다란 급류를 이뤄 흙탕물을 쏟아내기 시작했다. 조금 더 지체했다가는 강을 이룬 물줄기로 언덕 위에 꼼짝없이 고립될 만한 상황이었다. 스텝들도 이 정도까지 많은 비는 전혀 예상하지 못했는지 당황하는 빛이 역력했다. 경험 많은 리마가 팀원들을 다독이며 앞장선 뒤로 모두가 물줄기의 포효소리를 들으며 터벅터벅 말을 몰았다. 마땅히 비를 피할 곳이 없어 어쩔 수 없이 하는 고생이었다. 이대로는 더 이상 버티기 힘들 것 같았다.

천만다행으로 얼마 지나지 않아 게르가 나타났다. 정반대 상황이긴 하지만, 사막의 오아시스 같은 게르였다. 허겁지겁 말에서 내려 게르로 피신했다. 게르는 비어있었다. 주인도 자기 가축들과 어딘가에서 비를 피하고 있으리라. 그야말로 물에 빠진 생쥐 꼴의 11명이 앉지도 못하고 좁은 게르 안에 젖은 빨래처럼 서 있었다. 너무도 갑작스러운 상황에 모두가 넋을 놓고 있었다. 시간이 좀 지나자 게르 안으로도 빗물이 흘러들어와 바닥이 찰박찰박했다. 편하게 쉴 수가 없었다. 홀딱 젖은 옷으로 한기가 느껴져 덜덜 몸이 떨렸다. 게르 안의 땔감도 이미 비에 젖어 불을 붙일 수도 없었다. 따뜻한 겉옷은 애기의 차에 있었다. 별수 없이 서서 몸을 비벼가며 체온을 유지해야 했다.

애기의 차가 우리가 있는 게르로 접근하려 했으나 언덕 주위가 온통 쏟아지는 듯한 급류로 막혀있어 특별히 차 바닥을 높여 개조한 그의 차로도 접근이 불가능하다고 했다. 급류에 휩싸인 언덕에서 하나의 섬처럼 고립되고 만 것이다.

대책이 필요했다. 이 상태로 야영은 물론 불가능했고 당장 안전하고 따뜻한 잠자리를 확보하는 것이 급선무였다. 리마가 비가 잔잔해진 틈을 타 주변을 살펴보고자 나섰다가 역시 언덕을 둘러싼 급류에 벗어나지 못한 채 주위만 맴돌다가 결국 빈손으로 돌아왔다. 다행히 휴대전화가 터져 애기에게 가까운 마을로 가서 오늘 밤 묵을 곳을 수배해 보도록 했다. 게르 안은 침울한 공기가 가득했다. 한여름에 입김이 하얗게 나왔다. 서로 가까이 바짝 붙어서 체온 손실을 최대한 줄였다.

얼마나 시간이 지났을까. 잠시 물살이 약해진 틈을 타 애기가 차를 몰고 게르로 접근할 수 있게 됐다. 빗줄기가 강하다가 약해지기를 반복하면서 급류도 순간적으로 약해지는 순간이 있었다. 여전히 비가 내리고 있고, 땅은 미끄럽고 물러졌기에 말을 타고 이동하는 것은 불가능했다. 고심 끝에 팀원들은 애기의 차에 올라타고 그가 찾아낸 숙소로 이동하기로 했다. 애기는 미리 차 안의 짐들을 숙소에 내려놓고 와 고객들의 승차공간을 마련했다. 말들은 함께 이동할 수가 없기에 투식이 홀로 남아 11마리를 돌보다가 비가 그치면 데리고 와야 했다. 그게 가능한 일인지 우리로서는 가늠할 수 없는 일이었다. 사실 투식을 걱정할 정도로 정신적으로 여유 있는 상태가 아니었다. 아이들을 위해서도 나를 위해서도 따뜻한 방이 절실했다.

아직도 차창 밖으로는 흙탕물을 잔뜩 머금은 물줄기가 사납게 요동치고 있었다. 한 떼의 소들이 물살로 절벽을 이룬 비탈 끝에 위태롭게 모여 있었다. 애기는 노련하게 급류를 피해 길을 만들어 갔다. 곧 인가가 보이기 시작했다. 이렇게 집들이 몇 채라도 모여 있는 모습을 본 지도 오래였다. 더 들어가자 제법 규모가 있는 마을이 나왔다. 마을도 범람한 물길로 곳곳이 침수되어 있었고 물에 잠긴 차들도 보였다. 마을 사람들이 나와 속수무책 물난리를 안타깝게 바라보고 있었다. 몽골에서 근래 보기 드문 폭우였다.

마을을 조금 벗어난 곳에 여행객을 위한 판잣집이 있었다. 집의 상태가 말이 아니었지만 어쩔 수 없었다. 몸을 데워줄 난로와 스프링 달린 매트리스만 있다면 지금까지의 잠자리 중 최고이기에 문제 될 것이 없었다. 주인이 미리 난로를 피워 놓아 방 안이 따뜻했다. 말똥과 소똥 타는 냄새가 구수했다. 따뜻한 온기를 접하자 일시에 긴장감이 풀렸다.

서둘러 젖은 옷을 갈아입고 따뜻한 물을 마시면서 경직됐던 몸과 마음을 안정시킬 수 있었다. 따뜻한 방안에 줄을 매달아 젖은 옷가지들을 널어 말렸다. 그제서야 외딴곳에 홀로 남은 투식과 맏든에 생각이 미쳤다. 언제나 의연해 보이던 니콜라마저도 긴장한 빛이 역력했다. 열악한 환경에 놓인 고객들의 안전과 건강이 위태롭게 되었다는 사실에 책임감을 느끼고 있었다. 반면에 그 고객들은 이런 일도 있구나 하면서 상황을 덤덤히 받아들이고 있었다.

리마는 이 혼란 속에서도 고객들을 위해 재빨리 따뜻한 저녁을 지었다. 든든한 식사로 배를 채우고 몸도 따뜻해지자 모두 난로 가에 모여 파란만장했던 하루를 복기하면서 이야기꽃을 피웠다. 태호만이 피곤하다며 다른 방에서 쉬고 있었다. 시간이 얼마나 흘렀을까. 상만이가 태호에게 가봐야겠다고 일어섰다. 그 소리에 황사장이 환한 웃음을 지으며 상만이를 향해 엄지를 추켜세웠다.

잠시 후, 상만이가 급하게 뛰어 들어왔다.

"태호형이 아픈가 봐요. 열이 심해요."

황사장이 부리나케 달려 나갔다. 태호 몸 전체가 불덩이 같았다. 몸을 가누지 못했다. 몽골의 열악한 응급의료체계로는 구급차를 부르는 것은 시간 낭비라 했다. 리마가 애기의 차로 병원으로 태호를 데려가기로 결정했다. 내가 통역을 위해 따라나섰다. 태호는 병원 가던 길에 갑자기 차를 세우더니 뛰쳐나가 구토를 해서 저녁으로 먹은 것을 모두 토해냈다. 다행히 멀지 않은 곳에 큰 마을이 있었고 병원을 찾을 수 있었다.

진찰실은 제대로 된 조명이 없어 의사가 창가로 태호를 데리고 가서 태양을 조명 삼아 태호 목 안을 살폈다. 여름 해가 길어서 다행이었다. 의사의 책상은 종이 한 장 외에는 어떤 것도 없이 깨끗했다. 기자재도 변변치 않은 소박한 진찰실에서 언어 문제로 여러 번 중간 과정을 거쳐야 하는 어려운 의사소통 끝에 약을 처방받았다. 다행히 단순한 열감기라 했다. 황사장은 내내 안절부절못하고 태호의 손을 놓지 않았다. 서로 잡아먹을 듯이 싸우던 험악함은 이미 사라진 지 오래다.

그 와중에 새롭게 알게 된 사실은 리마의 아내가 소아과 의사라는 것이다. 진찰을 마치고 나와 리마는 아내에게 전화를 걸어 처방약 외에 먹으면 도움이 될 만한 음료와 식품, 주의점들을 알아봤다. 의사 아내를 둔 마부라. 낭만적이기는 한데 몽골에서나 가능한 일이라 생각했다. 한숨 돌리고 숙소로 돌아가는 차 안에서 여전히 열기에 기대어 있던 태호가 불쑥 얘기를 꺼냈다.

"아빠, 상만이한테 못되게 굴어서 벌 받은 건가 봐."

비에 젖어 떨었던 시간이 열감기의 결정적 원인이겠지만 아무래도 전날의 상만이와, 오전에 아빠의 위험한 상황에 대한 미안함까지 부담이 되었나 보다.

"태호가 어제 일로 마음이 많이 불편했나 보구나. 상만이가 어제 너 때문에 화난 거 아니라고 했어. 걔도 직접 말하긴 뭐 했을 거야? 그러니까 미음 편하게 믹이도 돼."

내가 대신 대답했다. 그 말을 믿든 안 믿든 둘은 아마도 앞으로 어제 일을 화제로 대화하는 일은 없을 것이다. 애들이 그렇다.

"그래, 상만이 아니었으면 너 열나는 거 아무도 모를 뻔했어. 몰랐지?"

아빠의 말에 태호는 정말 몰랐던 눈치다.

진찰을 마치고 약국에 들러 약을 구하고 가게에 들러 감기에 좋은 간식거리를 장만해 숙소로 돌아오니 모두가 걱정스런 눈빛으로 기다리고 있었다. 상만이도 역시 나의 경과 보고를 경청했다.

하룻밤 차도를 지켜보기로 했다. 황사장은 좋아하는 담배가 더 늘었다. 애가 질색을 해도 상황이 어쩔 수 없다. 초조한지 줄담배다. 리마는 의사 아내의 조언에 따라 차를 끓이고, 죽을 만들어 왔다. 태호가 죽이 입맛에 맞지 않는지 숟가락을 내려놓자 황사장이 직접 다른 죽을 끓여왔다. 평소같으면 먹느니 마느니 하는 익숙한 그림이 그려졌을 법도 한데 한술한술 아빠가 직접 떠먹이는 죽을 잘도 받아먹었다. 상태가 한결 좋아진 태호가 깊은 잠에 빠지자 아빠 둘에 보호자 하나가 오늘의 소동을 정리하고자 한자리에 모였다.

"형님네가 이 여행에서 제일 소득이 많겠는데? 아주 두 부자지간에 정이 팍팍 들겠어."

김목수가 황사장 기분을 풀어주려 농을 던졌다. 그런데

그 말이 영 틀린 말은 아니었다.

"맞네. 아침에 형이 말에서 떨어질 때 애가 아주 사색이 되더라구."

내가 맞장구쳤다.

"그랬어?"

"아빠가 이렇게 애달게 죽도 끓이고 간호해 주는데 애도 아빠한테 고맙겠지. 전화위복이라는 말은 이럴 때 쓰라고 있는 거라우."

황사장이 담배 연기를 길게 뱉으며 말없이 듣고 있다. 여전히 걱정스런 얼굴이다. 아마 애 엄마도 없이 아픈 아이를 혼자 돌보기는 처음일 것이다. 다른 아빠들이 대부분 그렇듯이.

잠자리에 들기 위해 방에 들어갔다. 황사장네와 같은 방이다. 이 상황에서 이기적이지만 나와 상만이에게 감기가 옮을까 봐 걱정되는 것이 사실이었다. 최대한 티 나지 않도록 직접 접촉을 피하며 잠을 청했다. 상만이는 여태 뜬 눈으로 자기 침대에 누워 잠든 태호 침대 쪽을 바라보고 있었다. 황사장은 태호 침대 곁에 앉아 아이의 팔다리를 주무르고 있었다. 난로 불빛으로 불그스레 물든 모습이 둘의 평소 관계답지 않게 너무나도 포근하다고 생각하다 어느새 스르르 잠이 들었다. 새벽에 난로 열기에 뒤척이며 잠깐씩 눈이 띄실 때마다 보니 황사장은 계속 태호 옆을 지키고 앉아 있었다.

5.5일

꿈이 확실했다. 아내를 만났다. 목소리가 말했다.

"기억하려고 너무 애쓰지 마."

"응. 미안해. 잘 있었어?"

"나 아팠어. 지금은 아주 좋아."

"다행이다. 미안해."

"늦게라도 찾아와 줘서 고마워."

"미안해."

"그만 미안해해도 돼. 그 말 해 주려고."

"미안해."

"여긴 너무 좋으니까 먼저 온 사람들도 다 괜찮을 거야. 알았지?"

"고마워."

누구를 만난 것일까? 먼저 온 사람들 안부까지 전해주는 아내가 고마웠다. 꿈이란 걸 알았지만 아내의 모습을 조금이라도 더 보고 싶어 의식이 올라오는 것을 막고 있었다. 하지만 끝내 얼굴은 보지 못하고 부드러운 목소리와 나긋한 향기로만 만났다. 좀처럼 아내의 아픈 모습이 그려지지 않앉다. 꿈에서라도 현실에서는 위로해주지 못했던 아픔을 감싸주고 싶었다.

말들이 떼 지어 달리는 소리에 결국 잠에서 깼다. 눈가에 눈물이 흘러 있었다. 손가락으로 닦아내니 아직 따뜻했다. 왜 울었는지 기억이 나지 않았다. 살면서 처음으로 아내의 꿈을 꾼 것 같았는데 그 목소리와 향기를 오래도록 간직해야지 하고 다짐하는 순간 그 다짐마저도 무의식 속으로 희미하게 사라졌다.

6일

비가 완전히 그쳤다. 새벽부터 투식이 혼자서 11마리의 말을 끌고 들이닥치는 소리에 잠이 깼다. 여기까지 11마리나 되는 말을 혼자 몰고 왔다는 게 믿기지 않았다. 몽골의 마부는 대단하다고 할 수밖에 없다. 새벽을 가르는 우렁찬 말발굽 소리에 다들 정신이 들어 다가오는 투식에게 감탄의 박수를 보냈다.

황사장은 새벽녘에야 잠이 들었는지 이 소란에도 좁은 침대에 태호와 같이 누워 꼼짝 않고 있었다. 저렇게 한 침대에 붙어 자면 서로 불편할 텐데 말들의 소동 속에서도 둘은 잘 자고 있다. 살짝 태호의 이마에 손바닥을 얹어 보았다. 아빠의 정성 때문인지 정상 체온에 가까웠다. 그 모습을 상만이가 지켜보고 있었다. 소리를 내지 못하고 조용히 입 모양으로 열이 내렸다고 알려줬다. 안심하는 표정이다. 다시 나가 달이를 찾았다. 하룻밤 못 봤다고 금방 알아보기 어려웠다. 사실 말들이 다 비슷비슷하게 생겼다. 우리 같은 초보 막눈으로는 바로 구별하기가 쉽지 않았다. 하지만 곧 엉덩이의 낙인을 보고 확인할 수 있었다. 아주 오랜만에 만나는 양 애

틋한 마음이 들었다. 마치 어린아이를 달래듯 어르며 녀석에게 다가갔다.

"보고 싶었어요. 달아."

새벽부터 먼 거리를 달려와 뜨겁게 달아오른 녀석의 목덜미에 얼굴을 갖다 대는 순간 그 따뜻한 체온이 좀 전 잊어버린 꿈에서 벗어나면서 흘렸던 눈물의 온도를 상기시켰다. 내용이 기억나지 않는 꿈에서 느꼈던 진한 아쉬움과 미안함이 울컥 올라왔다. 맥락 없이 눈물이 나오려 해 달이의 흰칠한 어깨에 이마를 기대어 참았다. 다행히 녀석이 꼼짝 않고 버텨주었다. 덕분에 이 알 수 없는 감정을 추스를 수 있는 공간과 시간을 벌 수 있었다. 잠시 후 김목수가 예의 그 가루 씹히는 모닝커피를 건네며 다가왔다.

"태호는 어때?"

다행히 내 눈물은 보지 못한 모양이다.

"응, 열은 많이 내린 것 같아."

"상만인?"

"상만이? 뭐, 괜찮은 거 같은데 왜?"

"걔들 서로 마음이 안 좋을 거 같아서."

김목수나 태호나 상만이나 참 섬세한 정서를 가지고 있다. 나 같은 사람은 애써 가져보려고 해도 잘 흐릿되지 않는 공감 능력이다.

태호의 상태도 좀 더 지켜봐야 하고, 새벽부터 먼 거리를 달려 온 말들에게 휴식도 줄 겸 일정을 조정하여 오전은 숙소에서 개인 정비를 하기로 했다. 마침 숙소 주변에 강이 흐르고 있었다. 몽골에서 처음 만나는 충분한 수량의 강물이었다. 비누와 수건을 들고 강가로 가 머리를 감았다. 물이 얼음장같이 차가 왔으나 며칠 만에 제대로 씻을 기회를 놓칠 수 없었다. 비가 온 뒤의 흙탕물이라서인지 머리를 말리는데 버석버석 모래가 만져졌다. 그래도 오랜만에 맛본 개운함이었다.

방으로 돌아오니 스텝들은 아침 설거지가 한창이었다. 이렇게 주변에 물이 넘쳐나는데도 이들은 한 바가지의 물만으로 모든 식기 도구를 닦고 헹구기를 다하고 있었다. 평소 부족하고 그래서 귀중한 물을 아끼는 유목민의 생활 습관 그대로 설거지를 하고 있었다. 더 자세히 신경 써서 살펴보면 비위가 상해 밥 먹기가 불편한 구정물이 될 정도로 물을 아낀다.

방에 가보니 각자 캐리어를 펼치고 그동안 정신없이 쑤셔두었던 짐들을 정리하고 있었다. 나도 벗어서 가방 아무 데나 쑤셔 놓은 속옷과 양말을 비닐봉지에 따로 모아 담고 헝클어진 옷가지도 정리했다. 밤새도록 난로를 피워 놓은 덕에 젖은 옷들도 바짝 말라 있었다.

모두가 분주한 가운데 아침부터 니콜라와 모기가 긴밀히 대화를 나누더니 공지사항이 있다며 팀원들을 모두 불러 모았다.

"여러분 아쉽지만, 모기가 더 이상 같이 하기 어렵게 됐습니다. 첫날 다친 등의 통증이 계속되고 있어요."

니콜라가 모기를 대신해서 설명했다. 그동안 고통을 참으며 힘들어했을 모기가 안쓰러웠다.

"미안해요. 끝까지 함께 하지 못하게 돼서. 이번 캠프를 마치고 울란바토르에 오시면 연락하세요. 시내 관광 도와드릴게요."

마음속으로 모기에게 '그만 미안해도 돼.'라고 말하고 있었다. 그런데 마치 어디선가 들었던 말 같았다. 곧 모기를 태우고 떠날 자동차가 도착했다. 우리는 각자 사용하던 물건 중 작은 것들을 트래킹을 함께 한 기념으로 모기에게 선물했다. 나는 별로 쓸 일이 없었던 스포츠 타올을, 김목수는 여분의 보조배터리를 내놨다. 험한 여행임에도 그동안 용케 낙오자 없이 잘 버텨왔는데 우리에게도 드디어 한 명의 낙오자가 발생했다. 전에 들으니 약대생이라고 했는데 언젠가 훌륭한 약사로 다시 만나길 기원했다.

점심시간이 되자 그때까지 자고 있던 황사장과 태효가 일어났다. 태효의 상태는 한결 좋아 보였다. 반면 황사장의 상

그 봄 5년 후   139

태는 말이 아니었다. 강물 샤워를 권했다. 망설이다가 이내 머리를 감고 돌아오니 사람이 달리 보였다. 더 이상 지체할 수 없어 다시 길을 떠나야 했다. 완전히 몸이 좋아질 때까지 태호는 차량으로 이동하기로 했다. 막내 율이도 피곤한지 동승했다.

이번에 우리가 지나가는 지역은 몽골의 유명한 관광지였다. 물론 사람들로 득실거리는 한국의 관광지와는 비교할 수 없이 한적해서 드문드문 사람들이 보일 뿐이었다. 때때로 관광객으로 보이는 사람들이 단체로 말을 타는 모습도 볼 수 있었다. 길어봐야 한두 시간 정도 체험 형식으로 찔끔 타는 것일 게다. 마부들의 통제에 따르느라 마음대로 움직이지 못하는 그들 승마체험 관광객들 옆을 지날 때면 왠지 기분이 우쭐해져서 일부러 속도를 높이고 소리를 지르며 달렸다. 모름지기 승마는 이런 거란 걸 가르쳐주고 싶었다. 그들의 경탄해 마지않는 눈빛을 느끼며 곁을 쏜살같이 달렸다. 그러다 속도를 줄이면 한국인 관광객들이 같이 사진을 찍자고 다가왔다가 우리의 한국말 대화를 듣고는 '한국사람이세요?' 하며 멋쩍은 웃음을 보이고 물러서기도 했다. 승마 실력도 실력이지만 며칠 만에 몽골인 행색에 가까워졌다는 증거였다.

원래 우리의 경로는 사람들로 붐비는 관광지를 우회하는

것으로 잡혀 있었지만 예상치 못한 폭우와 숙영지 변경으로 경로를 이탈하여 어쩔 수 없이 관광지를 통과하게 된 것이다. 덕분에 의도치 않게 오랜만에 사람 구경도 하고 그동안 실전으로 익힌 승마 실력 자랑도 하게 되었다. 그러나 문제는 우리의 길잡이들이 이 경로에는 익숙하지 않다는 데 있었다.

투식은 주인이 없어진 모기, 태호, 율의 말까지 세 마리의 고삐를 쥐고 앞장 서가고 있었다. 우리는 아무 의심 없이 따라가는 중이었다. 평탄하게 이어지던 경로를 지나 말의 머리까지 높이 자란 수풀이 무성한 습지 지역으로 진입했다. 처음에는 진흙에 말의 발목까지 잠겨 말이 다리를 옮길 때마다 질척거리는 소리가 규칙적으로 들렸다. 조금 더 들어가자 앞장선 투식의 말의 무릎까지 늪의 물이 높아졌다.

"오! 이거 재밌는데."

황사장이 기대에 찬 미소로 말했다. 이때 까지만 해도 말을 타고 늪지를 지나는 느낌에 그저 신기했다. 얕은 물 아래 바닥은 습지의 검은 진흙으로 어두워 도대체 깊이가 얼마나 되는지 가늠할 수 없었다. 좀 더 들어가자 말의 배까지 물이 깊어졌다. 한참 앞선 투식의 말은 거의 몸의 절반까지 잠겨 있었다. 그 말이 앞으로 안 발 내딛사 갑사기 발이 신흙 속으로 쑥 들어가며 중심을 잃고 휘청거렸다. 순간 모두에게 두려움이 몰려왔다. 키가 작은 상만이 말이 조금 더 잠겨 있었다. 그쪽으로 다가가고자 했으나 움직임이 자유롭지 않았다. 상만이는 등자에서 다리를 빼내어 발이 물에 젖지 않도록 말 등에 올려놓고 있었다. 위험하다는 생각으로 더 나아가기를 머뭇거리고 서로를 확인하며 당황한 기색을 감출 수 없었다. 황사장의 얼굴에도 웃음기가 사라졌다.

"잠깐 그 자리에 멈춰요."

니콜라가 대열의 진행을 중지시켰다. 그리고 큰소리로 앞선 투식에게 돌아오라고 말했다. 물과 진흙 펄 가운데 무거운 말이 서 있으니 가만히 있어도 점점 빠져드는 느낌이었다.

"이… 이거 봐. 점점 잠기는 거 아니야?"

언제나 평정심을 잃지 않던 김목수도 목소리에 긴장감이 역력했다. 침착함이 필요했다. 공포는 전염된다. 결정은 신속해야 했다. 니콜라가 최대한 침착한 어조로 말했다.

"되돌아 나갑시다. 내가 지나가는 길을 그대로 따라와요."

니콜라가 지나가는 길을 따라 이 습지를 다시 돌아나가기로 했다. 누구도 이의를 제기하지 않았다. 이미 꽤 들어왔기에 돌아 나가는 것도 쉽지 않을 것이다. 그러나 앞의 습지 상황을 모른 채 전진하는 것은 위험부담이 더욱 컸다. 모두가 최대한 니콜라가 만든 경로를 따라 움직였다. 그것만이 갑작스럽게 늪으로 빠지는 사고를 막을 수 있었다. 달이의 거친 숨소리가 두려움에 떠는 것처럼 느껴졌다. 내가 달이에게 힘을 줘야 했다. 달이의 목덜미를 쓰다듬으며 격려했다. 더불어 내 공포도 같이 진정시켰다. 말들은 한 발 내딛기가 쉽지 않았지만, 천천히 앞으로 나아갔다. 잔뜩 긴장한 채 앞사람 말의 엉덩이만 보고 나아갔다. 얼굴에 연신 나뭇가지가 쓸렸지만 피해서 갈 여유가 없었다. 말이 진창에서 발을 들었다 다시 내려놓는 찰진 소리와 거친 숨소리만이 불규칙적으로 들렸다. 잔뜩 긴장한 사람들은 어떤 소리도 내지 않았다. 말이 바닥을 딛는 소리가 질척거리는 소리에서 점차로 둔탁해지고 있었다. 그리고 마침내 바닥이 다져진 곳에 이르자 비로소 긴장이 조금 풀렸다. 이내 울창한 수풀을 벗어나자 말들이 경쾌하게 발을 내딛고 우린 긴 한숨이 절로 나왔다.

"휴~. 빠져나온 거 맞지?"

황사장이다. 서로 말은 하지 않았지만 상황의 심각함을 동시에 느끼고 있었던 것이다. 그런데 아직 투식이 나오지 못했다. 마지막으로 보았을 때 투식의 말은 거의 몸이 반쯤 잠겨 있었다. 무성한 수풀로 안쪽의 상황을 가늠할 수 없었다. 모두가 아무 말 없이 수풀 속을 주시하고 있었다. 말들의 몸에는 검은 진흙이 잔뜩 묻어 있었다. 바닥에는 발굽 모양의 진흙이 어지럽게 흩어져 있었다. 모두 긴장된 호흡으로 잠자코 수풀 안쪽을 주시했다. 마침내 투식이 세 마리의 말을 끌고 모습을 드러냈다. 그제야 상황이 종료되었다. 그도 안도의 한숨을 크게 쉬었다. 다행이다. 이틀 동안 내린 비로 습지는 물을 한가득 머금은 채로 어두운 속을 감추고 우리를 기다리고 있었던 것이다. 이 경로에 익숙지 못한 우리의 인도자들은 그 속을 모르고 우리를 이끌고 말았다. 니콜라가 이 상황을 우리에게 설명하며 사과했다.

"쟤가 어려서 그런지 급하다고. 우리는 안중에 없이 막 앞으로 갈 때부터 불안하더라니까."

임선생이 우리를 돌아보지도 않고 앞으로만 전진하던 투식에 대해 불만을 토로했다. 아직 어린 투식이 늦어진 일정을 따라 잡아야 한다는 조급한 마음에 앞만 보고 나간 것이다. 사실 강행군에 따른 무릎 통증으로 잠시의 휴식 시간이 주어져도 말에서 내리는 것조차 힘겨워하는 임선생의 입장이 이해되었다. 나 역시 진흙 속에서 말이 한발 한발 옮기는 것을 힘겨워하고, 바로 곁에서 검은 물이 찰랑댈 때는 사실 공포감이 없었던 것은 아니었다. 내가 이럴진대 상만이가 어땠을지 걱정되었다.

"괜찮아?"

"네, 구탱이 덕분에 잘 나왔어요."

상만이는 아직까지 이 여정을 말을 타고 완주 중이다. 어른도 쉽지 않은 일이다. 오직 김목수와 나 그리고 상만이만이 기록을 유지 중이다. 그런데 '구탱이'는 뭘까? 녀석이 나한테 알려주지 않고 말 이름을 정했나 보다. 그냥 장난스럽게 지은 이름 같기도 하고 아무튼 부르기는 좋았다. '구탱이'

우여곡절이 있었지만 그래도 모두 무사히 빠져나올 수 있어서 다행이었다. 일정이 계속 늦어지긴 했으나 어쩔 수 없이 이후로는 비로 물이 불어났을 습지는 우회해서 안전하게 이동하기로 했다. 대신에 속도를 높일 수 있는 곳에서는 최대한 빠른 속도로 달려 나갔다. 열심히 달렸지만, 이날도 결국 목표지점에 닿을 수는 없었다. 여유 있게 목가적인 낭만을 느껴보고자 시작했던 여행은 어느새 시간과의 싸움이 되어 있었다.

그래도 숙영지는 지금까지와는 달리 산 중턱에 제법 나무들이 듬성듬성 자리 잡은 숲이었다. 나뭇가지에 늪에서 젖은 옷가지들을 널어 말릴 수 있었다. 6일쯤 되니 화장실 문제도 점점 과감하게 해결하게 되었다. 초반에는 소변도 멀리 사람들 안 보이는 곳으로 가서 해결했는데 이제는 오줌쯤은 수영지에서 조금만 떨어져서 몸만 돌려서도 보는 수준이 되었다. 이곳은 큰 나무들까지 있으니 더 큰 일도 나무 뒤에서 편하게 해결할 수 있는 조건을 갖췄다. 모두 밤새 기회를 잘 포착해서 해결했다.

오늘의 저녁 메뉴는 몽골 전통 양고기 요리인 허르헉이다. 솥이나 밀폐 가능한 들통에 불에 달군 뜨거운 돌을 넣고 양고기와 감자와 당근 등 야채를 같이 넣어 쪄 먹는 음식이다. 몽골 사람들은 감자와 당근 외에는 야채를 거의 안 먹었다. 그들 말로는 풀은 말이나 염소나 낙타 등 짐승들이나 먹는 것이라 했다. 그래서 야채 대용으로 염소젖에 녹차 등을 탄 수태차를 상시 복용해 비타민 부족을 방지했다. 사실 야채를 기를만한 환경이 안 되는 것도 하나의 요인이기도 했다. 물이 부족하고 수시로 이동을 해야만 하는 유목생활이기에.

마침 숲이라 불을 피워 만들어 먹기에 안성맞춤인 음식이다. 우선 모두들 마른 나뭇가지를 모았다. 건조한 지역이라 금방 말라버린 것인지 아니면 이곳은 비가 안 온 것인지, 어제 그렇게 많은 비가 왔었는데도 어렵지 않게 마른 나뭇가지들을 구할 수 있었다. 이 나무들이 몽골에서 유명한 자작나무였다. 척박한 환경이다 보니 상식적으로 알고 있는 자작나무에 비해 키가 작고 곧게 자라지 못했다. 가지들이 불에 던져지자 '자작자작' 소리를 내며 타들어 갔다. 초원을 날아다니던 꽃가루가 겨우 찾아낸 돌봉우리 밑을 바람막이 삼아 내려앉아 자리를 잡고 뿌리를 내리고, 어린나무로 자라 서로 의지할 수 있는 작은 나무 군락으로 성장하여 서로를 때리는 바람을 막아주는 숲이 되었다.

리마가 돌을 모닥불 가운데 넣고 흙을 덮고 불을 피워 달구기 시작했다. 언제 양고기를 구해왔는지 미스터리했지만 자세히 따질 에너지가 없었다. 오랜만에 따뜻한 온기와 '자작자작' 나무 타는 소리를 들으며 불꽃을 가만히 쳐다보고 있으니 지난 이틀간의 고생과 긴장이 또 추억 저장소로 이동하고 있었다. 달궈질 대로 달궈진 돌을 나뭇가지를 이용해 솥으로 옮겼다. 양고기와 감자와 당근을 알맞은 크기로 잘라 넣고 이제 1~2시간 정도 기다리기만 하면 된다.

요리가 완성되기를 기다리는 동안 아이들은 언제 서먹했는지 짐작도 할 수 없게 숲 맞은편 너른 곳에서 서로 사진을 찍어주며 다정하다. 태호도 이제는 완전히 열이 내리고 힘이 나는지 전에 없이 활발하다. 적당히 어둠이 내리자 음식이 완성되었다. 리마가 심혈을 기울여 완성한 허르헉은 모두의 입맛에 맞았다. 아니 그 이상으로 아주 훌륭했다. 그동안 음식을 맘껏 먹지 못하는 이들이 있었는데 다들 배가 부를 때까지 자리를 뜨지 않았다.

우리는 허르헉을 먹을 때, 칼과 포크 등 여러 도구를 썼지만, 몽골 사람들은 가자 늘 몸에 지니고 다니는 칼날이 손바닥 크기 만한 주머니칼로 모든 걸 해결했다. 고기를 자르고,

찢고, 찍어 먹고… 그리고는 허르헉에 사용한 아직 뜨거운 열기가 남아있는 기름기를 먹어 반질반질한 돌멩이를 두 손으로 번갈아 옮겨가며 손바닥 찜질을 했다. 건강에 좋다며.

오늘 밤에는 은하수를 관찰할 수 있을 것 같다며 임선생이 기대에 찬 얼굴로 망원경을 조립하기 시작했다. 나와 상만이가 망원경 조립을 돕기로 했다. 이제 도와주는 손도 제법 익숙해져서 순서에 맞게 미리미리 착착 부품을 준비하고 간단한 조립은 임선생의 지시 없이도 먼저 할 수도 있는 수준이 되었다.

"빈, 한국 사람들은 뭐든지 빨리 배우는 것 같아요? 말도 엄청나게 빨리 타고, 빨리빨리."

"그런가요? 작년에 홍콩에 갔었는데 크게 다른 거 모르겠던데요."

"홍콩에? 어땠어요?

"미안해요. 오히려 너무 익숙한 느낌이어서 더 인상적이었다고 해야 하나. 요즘 현대도시들은 서울이나 뉴욕이나 홍콩이나 다 거기서 거기 같다는 걸 다시 깨달았죠."

"맞아요. 그런 면에서 여기 이곳은 정말 특별한 곳이라고 할 수 있죠."

"서울이나 홍콩 그 어느 곳과도 다르죠."

"다음에는 고비사막 쪽을 가보고 싶어요. 사실 사막이 별 관찰하기에는 가장 좋은 곳이거든요."

"그런가요? 나도 사막에 가보고 싶네요."

"사막은 수증기가 없어서 밤하늘이 깨끗하죠. 아무런 방해도 없이 별을 볼 수 있어요."

망원경을 조립하는 동안 문명과는 동떨어진 외딴곳에서 문명의 최첨단에 선 국제적인 대도시들의 모습과 유행의 동조화, 그 와중에도 각 도시의 특색을 찾고자 하는 노력에 대하여 가볍지만 제법 진지하게 의견을 나누었다.

같이 망원경을 조립하던 상만이가 지루했는지 자신의 말 구탱이에게 다가갔다. 나도 따라 다가가 같이 구탱이 곁에 섰다. 어둠 속에서도 신선한 풀로 열심히 배를 채우던 녀석이 상만이를 알아채고 빨리 쓰다듬어 달라고 보채기 시작했다. 둘이서 양쪽 목덜미와 어깨를 동시에 매만지니 녀석이 만족스러운지 길게 입술을 푼다. 기분 좋을 때 내는 소리라고 했다. 우리 달이도 좋아할 텐데 어둠 속에 어디에 있는지 찾을 수가 없다. 아무것도 보이지 않는 어둠 속에서 구탱이가 풀 씹는 소리, 입술 푸는 소리, 꼬리로 엉덩이 치는 소리들을 듣고 있자니 절로 머리가 맑아지는 느낌이었다. 밤 기온이 제법 쌀쌀했으나 그럴수록 구탱이에게 더 가까이 다가서서 따뜻한 체온을 나눠 가졌다.

"태호가 다 나은 것 같아서 다행이다. 김목수 아저씨가 네 걱정하던데, 너도 태호 걱정 많이 했지?"

"제 걱정을요?"

"그래. 태호가 자기 아픈 게 너한테 못되게 굴어서라고 자책하듯이 너도 그럴 수 있잖아. 너 밤새 잠도 잘 못 자고 태호 지켜봤잖아."

"형이 그랬어요? 난 괜찮았는데."

"좀 전에 보니 같이 잘 놀던데, 서로 별말 없었나 보구나?"

"…"

문득 상만이 말 이름의 뜻이 궁금해졌다.

"말 이름은 언제 지은 거야?"

"…"

"구탱이라고? 이름이 입에 착착 감기는데. 무슨 뜻이니?"

분명히 대답을 준비하고 있는 것 같은데 나의 어떤 질문에 대해 생각하고 있는 건지 알 수 없었다. 시간을 준다고 노력했는데 대답을 기다리지 못하고 몇 개의 질문을 연속적으로 해 버렸다. 기다리기로 했다. 다행히 내 흔들리는 눈빛이 들키지 않을 수 있을 만큼 어두웠고, 둘 사이에 구탱이가 자리하고 있어 침묵의 뻘쭘함을 덜어 주었다.

"친했던 친구 별명이에요."

고맙게도 가장 궁금했던 질문에 대한 대답이었다. 과거형

150

이다.

"재밌는 별명이네. 정말 친했나 보다 말한테 이름까지 붙여주고. 구탱이가 맘에 들어 해?"

구탱이가 이름이 맘에 드는지 자기 이름이 나오자 귀를 쫑긋 세우고 내 쪽으로 고개를 돌렸다. 대답을 기다릴 틈도 없이 율이가 뛰어와서 상만이를 데리고 망원경 가까이로 갔다. 온 세상을 뒤덮은 어둠 속에서 한편에는 빨간 모닥불, 다른 한편에는 옹기종기 모여 가끔씩 망원경을 비추는 작은 손전등 불빛만이 보였다. 은하수가 멋들어지게 쏟아져 내렸다.

시간이 어느 정도 지나자 아이들 중에 유일하게 늦지 모험을 헤쳐 나온 상만이가 피곤한지 먼저 텐트로 들어갔다. 시간이 자정을 넘어섰지만, 천체는 더욱 생동감 있게 빛나고 있었다. 어느 정도 구경을 하니 그 별이 그 별 같은 지루함에 야식 먹던 자리를 정리하기 위해 모닥불 근처로 자리를 옮기는 중이었다. 태호가 급박하게 상만이를 부르는 소리가 들렸다.

"상만아, 빨리 나와! 저것 봐. 우와, 야 빨리."

나도 고개를 돌려 일행이 일제히 가리키고 있는 북쪽 하늘을 바라보았다. 칠흑 같던 하늘이 갑자기 환하게 밝아졌다. 어두운 밤하늘 가운데 폭발하는 듯 빛을 발하고 있는 별을 중심으로 물결 퍼지는 모양으로 하얀 구름 띠가 동심원으로 세 겹 정도 커지고 있었다. 구름 띠는 점점 커져서 코끼리만큼이나 확대되었다. 천체에 문외한인 내가 봐도 이것은 흔히 볼 수 있는 우주 쇼가 아님이 분명했다. 사진을 찍기 위해 얼른 전화기를 찾았으나 전원이 꺼져 있었다. 임선생이 급히 망원경으로 구름 띠 중심의 밝은 별을 쫓았다. 순간, 그 가운데 별이 폭발하며 몇 개의 조각으로 날아갔다.

이 모든 것을 맨눈으로, 몇몇은 망원경으로 목격하며 도대체 무슨 일이 벌어진 걸까 궁금하지 않을 수 없었다. 전문가인 임선생도 정확한 설명을 하지 못했다. 다만 자신도 처음 본 현상으로 무척 흥분해 있었다. 장대한 우주 쇼는 5분 정도 지속됐다. 다시 어둠이 내리고 모두가 자신들이 본 것이 무엇인지 저마다 추측하기 시작했다. 임선생은 인공위성이 발사 도중 폭파되거나 충돌한 것으로 추측되는데 폭발고도로 봐서는 발사 도중 폭발한 것 같다고 했다.

일반인인 우리는 UFO의 출현이 더 설득력 있는 가설이었다. 그게 더 재미있으니까. 조금 더 현실적인 UFO 가설은 외계인이 저 빛으로 사람들의 시선을 유도해 놓고 반대편으로 착륙했을 것이라는 추론이었다. 우리는 그때 바보같이 군중심리 때문에 외계인의 유인책에 속아 반대편에서 벌어지고 있던 외계인의 지구 침투 장면을 놓치고 말았다. 이 추론에 의하면 아마도 저 어두운 반대편 언덕 뒤에는 지금

쯤 외계인이 타고 온 UFO가 착륙해 있을 터이다. 외계인에게 인체 실험용으로 잡혀가지 않으려면 빨리 불을 끄고 흔적을 지우고 몸을 숨기는 것이 상책이다. 갑작스러운 우주쇼로 저마다 상상의 나래를 활짝 펴는 즐거운 밤이었다.

러시아는 끝내 부인했지만, 그 우주 쇼는 북극 근처 러시아 군사기지에서 발생한 핵미사일 사고였다고 한다. 한국에서도 목격했다는 기사를 확인할 수 있을 정도로 큰 사고였으나 러시아는 사건을 축소 은폐했다. 주민들을 대피시키지도 않았다. 만약 핵폭발이 사실이라면 무고한 시민들은 아무 대비도 없이 방사선에 노출 된 채 살고 있는 것이다. 그런 사건을 마침 망원경으로 목격한 것이라고 생각하니 새삼 대단했던 여행임을 재확인하게 되었다. 한편 그처럼 먼 거리에서 벌어진 폭발이었음에도 선명히 목격할 수 있었던 것으로 미루어 보면, 핵미사일이 목표지점에 떨어져 폭발했을 때 그 재앙이 얼마나 클지 가늠키 어려웠다.

태호와 상만이는 방금 목격한 장관에 대해 신나게 대화를 주고받고는 이번에도 피곤한 상만이가 먼저 잠자리로 돌아갔다. 나도 내팽개쳤던 야식 정리를 끝내고 텐트로 들었다. 임선생은 큰일을 당한 사람처럼 흥분을 감추지 못하고 뭔가를 계속 열심히 기록하고 있있다. 아마 끝내 잠자리에 들지 못했을 것이다.

7일

간밤의 특별했던 우주 쇼의 여운이 채 가시기도 전에 하늘이 밝았다. 어느새 우리의 여정도 절반을 훌쩍 넘겨 얼마 남지 않았다. 며칠간의 순탄치 못한 일기로 예정보다 한참 뒤처진 상태였다. 아침마다 잠자리에서 일어나면 온몸이 쑤시고 결려서 말을 탈 수 있을까 걱정했으나 잠자리를 정리하고 밥을 먹고 치우면서 몸을 쓰며 움직이다 보면 어느새 뭉쳤던 근육이 부드럽게 풀려 또 말을 포기할 수 없었다.

뒤처진 일정을 따라잡기 위해 오늘은 강을 두 번 가로질러 건너기로 했다. 니콜라가 리마와 투식에게 안전을 재차 확인했다. 그들이 자신했다. 이번에는 늪지대나 습지가 아닌 얕은 강물이기도 하고 평소 많은 여행객들이 강을 건너는 장소이니만큼 걱정할 것 없다는 것이었다. 말을 타고 물살을 꿰뚫어 강을 건너는 모습은 상상만 해도 멋진 광경이었다.

"여러분, 위험할 수 있어요. 하지만 어제와는 다를 거예요. 도강하고 말지는 여러분의 결정에 따르도록 하겠습니다."

니콜라가 우리의 의사를 물었지만 두말할 필요도 없이 찬

성이었다.

"그런 경험하려고 온 거 아니겠어? 다들 괜찮겠지?"

황사장이 굳이 선동하지 않아도 모두 기대하고 있었다. 니콜라는 미심쩍은지 살짝 고개를 갸웃거렸지만 늦어진 스케줄을 따라잡으려면 별다른 방법이 없었다. 도강에 대한 기대를 잔뜩 안고 일곱 번째 날의 일정을 시작했다.

그동안과 마찬가지로 끝없이 이어진 언덕 오르내리기와 평지의 질주를 반복했다. 올라갈 때는 있는 힘을 다해서 달려 올라갔다. 안전상의 문제로 내리막에서는 속도를 낼 수 없기 때문에 달릴 수 있을 때는 최대한 열심히 달렸다. 힘이 좋은 몽골 말들은 제법 가파른 언덕을 잘도 달려 올라갔다.

오르막과 내리막을 번갈아 계속하다 보니 기승자의 무게 중심 이동에 따라 안장이 앞뒤로 쏠리기를 반복하면서 자연스럽게 안장 뱃대의 밸트가 느슨해지기 쉬웠다. 특히 오늘은 나의 안장이 문제였다. 평지를 달릴 때도 쉽게 느슨해져 안장이 앞으로 쏠렸다. 결국 목 가까이까지 밀려 올라가 달이의 어깨를 불편하게 했다. 말은 예민한 동물이라서 안장이 제자리를 벗어나 어깨나 목, 혹은 엉덩이를 자극하면 그 불편함에 성질을 부리고 날뛰어 기승자를 떨어뜨리고자 하는 습성이 있다. 성악한 달이가 나를 떨쳐내지는 않을까 걱정됐다. 그러나 걱정과는 달리 계속 안장이 앞으로 쏠리는 와중에도 고맙게 이 녀석이 잘 참고 성질을 부리지 않았다.

'빼질거려서 그렇지 내가 싫은 건 아닌가 보네.'

하지만 달리는 도중 몇 번에 걸쳐 나의 안장 뱃대를 다시 조이기 위해 대열 모두가 멈춰야 했다. 그때마다 안장을 봐 달라고 손을 들고 투식을 크게 불렀다. 그러면 투식이 달려와 안장 벨트를 다시 조였다. 가뜩이나 일정이 밀렸는데 나로 인해 진행 속도가 더욱더 더디게 나갔다. 미안해서 안장이 움직여도 한동안 참고 가다가 투식이 이상을 발견하고 먼저 세우기도 했다.

안장으로 불편한 와중에도 가능할 때는 최대한 속도를 냈는데 역설적이게도 빨리 달릴 때는 말과 리듬이 일치하여 안장의 이탈도 덜했다. 그러다가 속보나 평보로 속도를 줄이면 엉덩이도 더 아프고 안장의 쏠림도 심해졌다. 그러나 말과 기승자의 체력을 고려해 3분 이상의 질주는 어려웠다.

마침내 우리가 건너갈 첫 번째 강어귀에 도착했다. 강가 주위로는 여름철 휴가로 물놀이 중인 현지인들이 제법 눈에 띄었다. 원래 그런 건지는 알 수 없으나 물살이 꽤 있어 보였다. 얼마 전 내린 비로 수량도 늘어나 보였지만 외지인인 우리가 그 변화를 알 수는 없는 노릇이었다. 첫 번째 넘을 강은 그 폭이 어림잡아 30m정도 되어 보였다. 다음 넘을 강폭이 더 넓다 했다. 따가운 햇볕과 말의 체온에 뜨거워진 몸을 생각하면 강물에 뛰어들어 한바탕 물놀이라도 하고 싶었으나 어찌 된 영문인지 모두 빨리 목적지에 갈 생각들만 가득해 보였다.

안전을 위해 리마가 먼저 강을 건너기로 했다. 혹시라도 어제와 같은 일을 방지하기 위해 그가 건너간 길을 따라 한 명씩 건널 계획이었다. 어제처럼 바닥이 컴컴한 습지의 늪은 아니었지만, 흙탕물인 강물도 바닥을 가늠할 수 없기는 매한가지였다. 리마가 '찰박찰박' 소리를 내며 경쾌하게 잘도 나아갔다. 중간쯤 갔을 때는 '첨벙첨벙' 말의 무릎 위까지 물이 깊어졌는데 말의 기둥같이 단단한 다리에 부딪혀 갈라지는 물살이 제법 사나워 보였다. 그러나 강바닥이 늪같이 무르지 않아 말이 큰 어려움 없이 건너편 강가에 다다를 수 있었다.

모두가 할 수 있겠다는 자신감이 생겼다. 다음으로 내 차례가 되었다. 강둑에서 강으로 들어서는 경사면이 강한 물살에 가파르게 패어 있었다. 강둑이 그동안 내린 비로 급히 쓸려나간 것이다. 위에서 보니 한 50cm 정도의 계단을 내려가는 것 같은 형태였다. 달이가 한발을 강둑 밑으로 내밀며 목을 아래로 기울여 내딛자 순간적으로 내 몸도 앞으로 급격히 기울어졌다. 바로 그 순간 안장이 힘없이 풀리면서 순식간에 내 몸이 앞으로 꼬꾸라졌다. 달이의 목을 타고 미끄러져 머리를 넘어 앞으로 한 바퀴 굴러떨어졌다. 그야말로 텀블링 낙마였다. 그만큼 떨어지는 동작이 컸다. 순식간에 일어난 일이었으나 떨어지는 동안 나를 바라보고 놀라는 눈들과 하나하나 다 마주치는 것처럼 긴 시간으로 느껴졌다. 달이의 머리를 지나 떨어지는 순간 아래로 향해 거꾸로인 채 달이의 놀란 큰 눈과도 마주 본 것 같았다. 살아야 한다는 본능이 발동했는지 끝까지 고삐를 놓지 않고 있었다. 달이의 앞발 바로 옆으로 한 바퀴를 굴러 엉덩이부터 '쿵'하고 떨어졌다. 달이가 조금만 움직여도 밟힐 수 있는 거리였다. 하지만 놀랍고 고맙게도 놈이 나를 떨친 것이 미안했는지 날뛰지 않고 천천히 내게 고개를 숙이고 다가왔다.

"달아. 나 괜찮다. 네가 잘못한 거 아니니까 걱정하지 마."

나를 걱정하는 달이에게 오히려 미안해서 녀석의 마음이 어떨지 먼저 챙겼다. 다행히 강가라 흙이 부드러웠고 아래를 향한 달이의 머리를 타고 떨어졌기에 시각적 효과는 상당했으나 실제로 떨어진 높이는 그다지 높지 않아 충격이 크거나 아프지는 않았다. 다만 모기의 낙마와 그로 인한 중도하차, 황사장의 날뛰는 말을 봤을 때는 피부로 와 닿지 않았으나 실제로 당하고 보니 심리적인 위축이 상당했다. 모두가 걱정스럽게 바라보는 눈빛도 그랬고 주위에서 즐기고 있는 일반 관광객들의 웅성거림도 유쾌하지 않았다. 단지 안장이 풀려 떨어진 것뿐이라 해명하고 싶었다. 반면에 우리 팀은 이런 일을 몇 번 봐서인지 빠르게 안정을 찾았다. 툭툭 털고 일어났다.

"아까부터 안장이 문제더만 결국 일이 터지네. 그러니까 진작 바꿔 달라고 하라니까."

김목수가 걱정으로 한마디 했다. 오전부터 계속 느슨해지는 안장 교체를 요구하라는 그의 조언을 애써 무시했었다. 고객으로서 정당하고 당연한 요구임에도 누군가에게 나의 요구를 주장한다는 것은 내게 있어 늘 어려운 문제였다.

"그러게. 미안해."

"뭐가 또 미안하다는 거야? 괜찮은 거야?"

"아무렇지도 않아. 출발하자고."

나의 낙마로 잠시 정지되었으나 곧 임선생이 도강을 시작했다. 니콜라가 아무래도 내 안장에 문제가 많다며 비어있는 모기의 안장과 바꿔보기를 권했다. 어차피 벗겨진 김에 모기의 안장과 교체했다. 투식이 안장을 바꿔 올리며 괜찮은지 걱정스럽게 물었다. 물론 표정으로. 걱정하지 말라고 투식의 어깨를 두드렸다. 나는 안정을 위해 맨 마지막 순서로 다시 건너기로 하고 싱기에서 쯤 떨어진 곳에서 등지 길이를 조정하고 내려서서 달이를 쓰다듬으면서 놀란 마음을 진정시키고 있었다.

그 순간 등 뒤에서 놀란 말의 울음소리와 첨벙거리며 허우적대는 소리가 들렸다. 깜짝 놀라 돌아보니 상만이와 구탱이였다. 상만이를 태운 구탱이가 강물 가운데서 무엇에 놀랐는지 거칠게 첨벙대며 뱅글뱅글 돌고 있었다. 그동안 말 잘 듣고 순한 구탱이였는데 돌발적인 상황이었다. 더군다나 강줄기 한가운데서 벌어진 일이라 더욱 급박했다. 강물이 사방으로 튀었다. 리마나 투식이 다가갈 시간이 없었다. 물살이 제법 빠르다. 저러다가 물에 빠지기라도 하면 무슨 일이 벌어질지 예측할 수 없었다.

"상만아, 꽉 잡아."

나는 소리만 지를 뿐 속수무책 무기력했다. 조금 전의 낙마로 몸도 마음도 여유가 없었다. 너무나도 긴박한 상황에 발이 땅이 박힌 듯 다만 바라볼 뿐, 꼼짝할 수 없었다. 그저 영화를 보는 관객처럼 강물 가운데에서 벌어지고 있는 일을 지켜볼 따름이었다. 이와는 대조적으로 상만이는 놀랍게도 물속에서 날뛰는 구탱이 위에서 한 치의 흐트러짐도 없었다. 두려움도 당황하는 빛도 없었다. 그저 고삐를 움켜잡고 발버둥 치는 말 위에서 균형을 유지하기 위해 집중하고 있었다. 그것은 마치 초고속카메라로 잡은 느린 화면처럼 내 기억에 남았다.

한동안 물속에서 이리 뛰고 저리 뛰던 구탱이와 상만이가 어느 순간 갑자기 출발한 강가로 미친 듯이 뛰어나왔다. 강물 속에서와 다른 의미로 육지에서 놀란 말은 위험했다. 여전히 흥분한 구탱이는 뭍에 올라와서도 진정하지 못했다. 다른 이들은 각자의 말들이 놀라지 않도록 붙잡고 있기도 벅찼다. 나는 달이에 미처 오르지도 못한 채 고삐를 바짝 쥐고 제발 구탱이가 얌전해지기를 빌었다. 흥분한 구탱이가 가까이에서 발길질을 해대는 바람에 무서웠으나 달이가 용감하게 버텨주었다. 상만이는 이제는 고삐가 아닌 구탱이의 갈기를 꽉 움켜쥐고 버티며 구탱이를 진정시키기 위해 안간힘을 썼다. 얼마나 지났을까 구탱이가 거친 숨을 몰아쉬며 서서히 멈춰 섰다. 투식이 재빨리 달려가 구탱이의 고삐를 잡았다. 나는 그만 다리의 힘이 풀리고 말았다. 멈칫거리며 상만에게로 다가갔다.

"상만아, 괜찮아?"

"네."

짧은 대답이었고 평이했다. 방금 막 생명이 위협받을 만한 위기에서 빠져나왔다고는 도저히 상상할 수 없는 단조로운 어조였다. 그러고 보면 상만이는 늘 그랬다. 처음 만났을 때나, 먼 나라에 첫발을 디뎠을 때, 만과 함께 신나게 날뛰었을 때도, 같이 늪에 빠져 허우적거릴 때도 억지로 관찰하고 해석해 내야만 구별할 수 있는 표정이고 감정이었다. 무엇이 아직 어리고 감정 기복이 심해야 마땅한 이 중학생을 이처럼 견고한 항상성의 성에 머무르게 만들었을까? 우연일까? 나도 그랬다.

모든 것이 멈춰 섰다. 이미 강을 건넌 사람들은 이쪽을 바라보며 상황 파악에 여념이 없었다. 리마가 니콜라와 상황을 의논하기 위해 강을 다시 건너왔다. 우리 쪽에는 그 둘과 투식, 나, 상만, 태호, 율이 남아 있었다. 이곳을 건너면 다음은 강폭이 더 넓은 곳이다. 구탱이가 무엇에 놀랐는지는 모르지만 비슷한 상황은 언제든 발생할 수 있다. 아직 아이들이 건너지 않았다. 여러 상황을 고려해서 결국 말을 타고 강을 건너는 도전을 포기하기로 했다. 일정이 늦어지는 걸 감수하고 강을 돌아 다리를 건너는 경로를 선택했다.

이미 강을 건넌 이들이 조심스럽게 다시 돌아왔다. 순조롭게 다시 건너온 그들이 상만이의 상태를 궁금해했다. 상만이는 지금에서야 자신이 어떤 위험에서 빠져나왔는지 실감하는 것 같았다. 아까 물었을 때는 '네'라고 짧게 대답하고 표정 변화가 없었는데 지금은 어깨를 축 늘어뜨리고 말 위에 앉았다가 몸을 앞으로 기울여 구탱이의 목을 꼭 껴안고 말 위에 엎드려 있었다. 구탱이에게 의지해 놀란 가슴을 진정시키고 있는 것처럼 보였다. 어제의 늪지대도 오늘의 도강도 모두 경험해 보지 못한 두 아이는 한편 섭섭해하면서도 안심하기도 했다.

또다시 늦어진 일정을 따라잡기 위해 달려야 했다. 강을 따라 비교적 평지가 계속 이어져 있어 한 번에 제법 긴 시간 동안 전속력 질주를 할 수 있었다. 바꿔 앉은 안장은 잘 고정이 되어서 더 이상 나로 인해서 중간에 행진이 멈추는 일은 발생하지 않았다. 진즉에 바꿨더라면 강을 다 같이 건널 수 있었을지도 모를 일이다. 이후에는 모두가 일정이 뒤처진 것을 만회하는 것이 지상목표인 것처럼 달리는 일에만 집중했다. 어딜 봐도 비슷비슷해 보이는 경치는 이제 중요치 않았다. 어떤 자세로 말을 타야 말이 편하고, 리듬을 어찌해야 더 빨리 달릴 수 있는지, 말이 힘들 때 어떤 신호를 보내는지, 고삐를 당겨 내 의사를 말에게 전달할 수 있는 최소한의 강도는 어느 정도인지, 나를 좋아하는 건지? 모든 관심이 말과 나의 관계에 집중된 채 달리기와 걷기를 반복했다.

이제 김목수나 황사장은 때때로 리마나 투식보다 오히려 앞서 달려 나가기도 했다. 그 둘의 승마 실력은 이미 마부나 다름없이 자연스러워 보였다. 그들이 좀 너무 나갔다 싶으면 니콜라가 여지없이 주의를 주었다. 늘 우리의 안전을 설정하고 조심시키는 그를 보면서 모험가가 계속 모험을 지속

할 수 있는 원동력은 역설적이게도 모험하지 않는 것이라는 생각이 들었다.

무리의 말들 가운데 덩치가 가장 큰 달이도 7일이 지나니 나의 몸무게를 감당하는 것이 힘에 부치기 시작했는지 이 제는 더욱 노골적으로 뒤로 쳐지기만 했다. 보다 못한 투식 이 밧줄을 채찍 비슷하게 만들어와 건넸다. 말들이 워낙 예 민하고 겁이 많은 동물이라서 한 손에 채찍을 들고 있기만 해도 행동이 재빨라졌다. 이 녀석도 마찬가지였다. 밧줄을 엉덩이 근처에서 흔들기만 해도 반응을 했다. 덕분에 그동 안 일행의 뒷모습만 보던 나는 가끔은 맨 앞에서 대열을 이 끌기도 했다. 이 모습을 보고 태호와 율이도 투식을 졸라 밧줄을 얻어냈다. 잘 타고 있는 것 같았지만 어린아이들이 덩치 큰 말들을 조정하는 것이 맘처럼 쉬운 일은 아니었는 가 보다.

상만이는 구탱이와 호흡이 잘 맞았기에 아무런 요구도 없 었다. 다만 강에서의 사건 이후에는 뭔가 다른 형태로 말을 타고 있는 것 같았다. 확실치는 않았지만, 그저 그런 느낌이 었다. 속력을 올릴 때는 가끔 채찍을 대신해 오른손을 뒤로 해서 구탱이의 엉덩이를 때리기도 했다.

각자 앞서거니 뒤서거니 하면서 온전히 승마를 즐기고 있 었다. 날이 어두워지기 전까지 최대한의 거리를 이동하고자 노력했다. 이윽고 몽골에서는 보기 힘들었던 제법 튼튼하게 지어진 다리 앞에 다다랐다. 다리 밑 강가에서 야영을 하기로 했다.

강물의 높이가 우리가 자리 잡은 지면과 별반 차이가 없었다. 우리가 불안해하자 리마가 걱정 말라고 우리를 안심시켰다. 강물이 이 높이를 넘어 온 적은 단 한 번도 없었다고 자신했다.

물살이 강둑을 거세게 치고 나가는 소리를 들으면서 텐트를 설치하고 있으려니 우리 곁으로 한 명의 마부와 30대로 보이는 젊은 백인 커플이 말을 타고 다가왔다. 그들도 근처에서 야영할 자리를 찾고 있었다. 마부들끼리 정보를 나누는 동안 커플과 잠깐이나마 대화를 나누었다. 그들은 20일 일정으로 중서부의 호수에서부터 고비사막을 거쳐 울란바토르로 돌아오는 여정의 막바지에 있었다. 우리가 사막지대에 가지 않은 것을 안타깝게 생각했다. 그들의 짐을 한가득 짊어진 말이 머리를 숙인 채 힘겹게 지나갔다. 쟤도 짐이 아닌 사람을 태우고 싶을 텐데.

하지만 내 신경은 그들보다는 상만에게 쏠려있었다. 아까의 소동 이후 전에 없이 힘이 빠진 모습이다. 텐트 설치도 돕는 둥 마는 둥하더니 내내 구멍이 끝만 시키고 있었다. 텐트 안에 패드와 이불을 깔고 대충 짐을 정리한 후 상만에게로 다가갔다. 구탱이는 상만이가 옆에 있든 말든 싱싱한 풀을 찾아 묶인 다리로 '뒤뚱뒤뚱 콩콩' 몸을 움직였다.

"그러고 보니 구탱이 꼬리 빗겨서 풀어주면 어떠냐고 투식한테 묻지를 못했네? 깜박했다, 미안해."

마침 구탱이를 보니 갑자기 생각나서 말문을 열었다.

"물에 들어갔다 나와도 그대로 인걸요. 원래 그런가 봐요."

"맞다. 물속에서 그렇게 한참 펄쩍거렸는데도 안 풀렸네."

그동안 녀석은 구탱이의 꼬리에 계속 신경이 쓰였고 투식에게 물어보겠다는 내 말에 결과를 기다렸던 것이 확실하다.

"말이 나와서 말인데, 너 아까 어쩜 그리 잘 버티고 있었니? 지켜보는 내가 다 그렇게 놀랐는데 말이야."

"아무 생각도 없었어요."

늘 그렇듯 처음에는 건질 것이 없는 대답이다.

"그래? 그런데 너 지금 어쩐지 좀 달라 보인단 말이지. 왠지 힘이 빠진 거 같기도 하고 지금도 이렇게 혼자 나와 앉아 있잖아."

"놀라긴 한 거 같아요. 애도 많이 놀랐을 거고. 그래서 같이 있어 주는 거여요."

"구탱이는 좋겠다. 이렇게 신경 써주는 친구도 있고."

어둠이 많이 내려왔다. 밤이 되자 익숙했던 풀벌레의 노랫소리가 강물 부딪히는 소리에 묻혔다.

"그럼 구탱이는 너한테 오늘 일에 대해서 뭐라 안 해?"

"구탱이는 잘못이 없어요. 그냥 놀란 것뿐이잖아요."

구탱이를 책망하는 의도는 아니었는데 상만이의 반응이 다소 강했다.

"저런! 구탱이를 정말 많이 걱정하는구나. 맞아. 네가 구탱이를 생각하는 만큼 재도 너를 걱정했을 거야."

눈이 어둠에 익숙해지자 별들이 자기 자리를 더욱 선명하게 지키고 있는 것이 보였다.

"정말 그럴까요?"

의외의 대답이었다. 진정 구탱이의 위로를 기다리고 있었던 것이 틀림없다.

"아저씨! 구탱이는 잘 표현을 안 해요. 힘든 것도, 좋은 것도, 아픈 것도, 걱정하는 것도."

안타깝게도 구탱이에 대한 답답함이 곧 자신의 얘기라는 것을 모르고 있었다.

"구탱이가 어떤 기분인지 정확히 알고 싶은 마음이구나."

"저 애가 뭘 원하는지 금방 알 수 있어요. 아주 미세하게 다른 걸 느끼니까요. 하지만 다른 사람들은 몰라요. 투식도 마찬가지로 몰라요. 사람들이 알아채지 못하니까 얘가 더 참아요."

전에 없이 흥분해 있었다.

"그런 구탱이를 보면 어떤 느낌이야?"

"그러지 않았으면 좋겠어요."

"그래서 어떻게 느끼니?"

"화도 내고 도망도 치고 그러면 안 되나요?"

"얘가 그러지 않는 것에 대해 너는 어떤 감정이 느껴지니?"

"안됐어요."

"어떻게 안됐어?"

"억울해요."

"넌 저렇게 참고만 있는 구탱이를 보면 억울하구나."

구탱이가 풀을 먹다 말고 우리에게로 다가왔다. 그 맑고 커다란 눈에 보름달이 맺혀 있었다. 자연스럽게 목덜미와 어깨를 어루만졌다. 따뜻했다. 상만이가 갑자기 펄쩍 뛰어올라 안장도 없는 말 등에 자신이 안장인 양 가로질러 배를 대고 엎드렸다. 상만이가 말 위에서 폴더처럼 접혔다. 돌발적인 행동이었지만 구탱이는 미동도 없었다. 상만이는 팔다리를 아래로 축 늘어뜨리고 시체처럼 걸쳐있었다. 그대로 몇 분이고 시간이 흘렀다. 이윽고 상만이가 스르륵 말에서 미끄러지듯 내려섰다.

"어때? 기분이 좀 나아졌어?"

세상은 온통 어두웠고 여전히 고요했다.

"아저씨 아까 저 죽을 수도 있었겠죠?"

보통 사람들은 그처럼 목숨이 경각에 달린 위기의 순간에 오만가지 생각을 한다고 한다. 그렇지만 상만이는 그래 보이지 않았다. 대신 지금 비로소 자신의 경험에 관해 이야기하고 있었다. 내게는 그것이 중요했다.

"사실 날뛰는 너하고 구렁이를 어쩌지 못하고 지켜보고만 있던 그 순간이 너무 두려웠어."

"그런데 차라리 그때는 정말 아무 생각이나 느낌도 없었거든요. 고요했어요. 마음이."

"긴박한 위기의 순간에 오히려 차분해졌다는 말이구나."

"정말 죽는 순간에 그렇다면 다행일 거 같아요. 아무 느낌도 없으면 고통도 없을 거잖아요."

죽음을 이야기하는 것은 늘 조심스럽다. 특히 이런 질풍노도 같은 청소년기의 인간들과 나누기에는 위험한 주제이다.

"그 정도로 잊고 싶은 것을 지니고 산다는 것은 참 고단한 일 일거야. 하지만 분명 도움을 받을 수 있다고 생각해."

누군가 내게 같은 말로 호소했었다.

다만 지금은 이 아이 주위를 둘러치고 있던 절벽 같은 성이 죽음의 성이 아니길 바랐다.

"제 친구 구탱이가 사고로 죽었어요. 얼마나 무서웠을지 불쌍했어요. 이젠 좀 덜해요."

그럴 수 있겠다고 전혀 예상치 못한 것은 아니었지만, 그것이 무대로 올라올 타이밍을 예상 못 했기에 적절한 언어적 반응이 곧바로 나오지 못했다.

"구탱이가 나중에 별 보러 여행 같이 가자고 했었어요. 그래서 여기 왔어요."

이 애 어른이 이미 죽은 친구와 약속을 혼자서 지키고 이제 작별하려고 이곳에 왔다고 하는 중이었다. 며칠 전 이 아이는 자신의 잘못을 사과할 수도 없는 상황에 관해 이야기했었다. 구탱이가 사과의 시간을 줄 틈도 없이 떠났다. 그런데 이상했다. 지금 이 순간에도 이 아이는 울지 않는다. 울기라도 했으면 얼른 안아주고 같이 울어주려 했는데 울지 않았다. 이미 눈물이 만수위에 찬 나로서는 딱히 대안이 없었다.

그때 다행히 구탱이가 피곤했는지 드러누웠다. 인간인 우리에 대한 경계를 완전히 풀었다. 덕분에 우리는 구탱이의 등에 기대고 같이 비스듬히 눕듯이 앉았다. 구탱이의 따뜻한 체온이 전해져 포근했다. 마침 별똥별이 맞은 편 하늘을 순식간에 가로질러 사라졌다.

"봤어? 아까워! 소원을 못 빌었네. 이래서 소원도 미리 준비해 둬야 한다니까?"

"기다리면 또 떨어질 거여요."

사실이다. 몽골에서는 별똥별에 굳이 소원을 빌 필요가 없다. 조금만 지켜보면 또 떨어져 희소성이 없는 편이다.

"그래 무슨 소원을 빌거니?"

"아저씨는요?"

"나도 용서를 빌 사람이 하늘나라에 있어. 근데 소원을 하나만 빌어야 한다면 용서를 구하기보다는 내가 잘 지내고 있다고 전해주고 싶어."

이전에 생각해 본 적도 없는 소원이 튀어나왔다. 용서를 받아야만 할 것 같았는데 그럴 필요가 없다고 생각이 바뀌었다.

"아저씨 얘기가 그분한테 전해졌으면 좋겠어요."

녀석의 마음이 그럴 것이었다.

"고맙다."

누워있던 구탱이가 고개를 들어 우리를 한번 쳐다보더니 다시 숙이고 잠이 들었다.

시간이 꽤 흘렀다. 삼만이아 일행 곁으로 들어와 모닥불 가에 앉았다. 아까부터 심상치 않았는데 니콜라가 구토하고 텐트에서 안정을 취하는 중이라고 했다. 니콜라가 텐트에서 나를 불렀다.

"빈, 속이 너무 아파요. 따뜻하게 해야 할 것 같은데 방법이 없을까요?"

니콜라가 모습을 보여주기 싫다며 텐트 여는 것을 거부해서 어떤 상태인지 확인할 길이 없었다. 그렇다고 무턱대고 우리의 비상약을 줄 수도 없었다.

"수통에 뜨거운 물을 채우고 수건으로 감싸서 넣어 줄 테니까 꼭 껴안고 있어요."

"아, 그게 좋겠어요. 고마워요. 부탁할게요."

들어보니 우리가 없는 사이에 한참 동안 구토를 하고 앓았다고 했다. 오죽하면 얼굴도 보여주지 않을까 걱정이 됐다. 수통에 뜨거운 물을 가득 채워 수건으로 감싸 가만히 텐트 안으로 밀어 넣어 주었다. 얇은 텐트를 사이에 두고 대화를 했다.

"빈, 미안해요."

"도와줄 수 있어서 기뻐요. 안 좋으면 언제든 말해요. 우리 다 가까이 있으니까."

"빈, 다른 사람들은 괜찮아요? 아까 산에서 마신 샘물이 원인인 거 같은데."

산에서 마신 샘물이라면 낮에 산 중턱 사원을 도보로 방문하면서 나와 상만이, 황사장 그리고 니콜라가 마셨다. 니콜라를 제외한 나머지 사람들이 다 괜찮은 걸 보니 아마도 그 물이 원인은 아닐 것이다. 늘 조심하던 그가 탈이 나고 우리는 멀쩡하니 우리가 운이 좋은 편이었다. 걱정되었지만 폭풍 같은 하루로 인해 약속처럼 오래 버티지는 못했다.

그 봄 4년 후

금마시 외곽에 위치한 자기네 목장에 딸린 넓은 집에서 지내던 상만이는 중학교 진학을 앞두고 학구열이 높은 인근 신도시 대단지 아파트로 엄마와 함께 이사했다. 아버지는 새벽같이 목장으로 오가는 출퇴근이 어려워 주로 목장에서 숙식하다가 가끔 집에 오는 두 집 생활을 해야 했다.

초등학교 졸업과 동시에 오랜 동네 친구들과 헤어져 낯선 중학교로 따로 진학하는 것이 싫었지만 엄마의 뜻을 거역할 수 없었다. 이사 간 동네는 '시'라는 같은 행정구역명을 쓰고 경계가 바로 붙어있어 거리상 멀지 않은 곳임에도 계획 도시라 그런지 시골스러운 금마시와는 아이들 수준이 달랐다. 그리고 상만이를 시골에서 왔다고 놀리는 애들도 있었다. 그래봤자 바로 옆 동네에 이사 온 것임에도 말이다. 누구든 한번 걸리면 손을 봐줘야겠다고 다짐했다. 마침 곧 기회가 왔다.

"야, 촌놈. 니네 집에 TV는 있냐? 소똥 냄새난다."

상만이의 작은 체구를 얕잡아 본 한 녀석이 시비를 걸었다. 마침 잘 걸렸다고 다짜고짜 주먹을 날렸다. 별것도 아닌

놈은 코피를 쏟고 울음을 터트렸다. 학폭위가 열렸고 상담실도 불려갔다. 교실로 돌아오니 세상은 벌써 상만이 중심으로 돌아가고 있었다. 교실에서의 대장 노릇은 이미 초등학교부터 익숙한 터였다. 금방 학교에 녹아들기 시작했다. 중학교 진학 후 초기 한동안은 금마시의 예전 친구들과 연락도 하고 가끔 만나기도 했지만, 곧 도시 생활에 적응이 되어 소원해졌다. 그리고 무엇보다 학원 스케줄 때문에라도 딴생각할 겨를이 없었다.

오랜만에 금마시의 단짝친구 구탱이에게서 전화가 왔다. 이런저런 잡담이 이어졌다. 학교가 달라서 그런지 예전 꼭 붙어 다니던 때와는 다른 거리감이 느껴져 대화에서 뭔가 덜컥거리기도 했다. 며칠 뒤 서울로 현장학습 간다고 했다.

"촌놈들 서울 가서 길이나 잃어버리지 마세요."

"서울 놈들한테 안 지려고 우리끼리 교복 통일해서 입고 가기로 했다."

"촌스럽기는. 불편하다 그거."

"대장! 거기서 애들 또 때리고 다니는 거 아니지? 우리 구역 벗어나서 내가 도와주러 가지도 못하니까 좀 얌전히 지내라. 그나저나 너 왜 약속 안 지켜? 니네 목장에서 같이 야영하기로 했잖아. 너 이러다 별 관찰 여행 같이 가기로 한 것도 까먹는 거 아니야?"

"자식 그런 건 또 안 까먹네. 가끔 목장에 아빠 도우러 가니까 그때 연락할게."

"약속했으면 지켜야지 인마. 미안하단 소리는 죽어도 안 하지."

"대장이 미안해하면 되겠냐?"

"네네, 그러시죠."

말이 대장이지 상만이는 구탱이든 누구든 한 번도 힘겨루기를 해 본 적이 없었다.

며칠 뒤, 갑자기 상만이의 서울 외할머니가 위독하시다는 전화를 받았다. 그동안도 병원에 계셨는데 이제는 심각하게 이별을 준비해야 할 때가 되었다. 전화를 내려놓은 엄마는 정신이 없어 보였다. 늘 흔들림 없이 단정했는데 이처럼 흐트러진 모습은 처음이었다. 아빠는 목장에서 바로 출발하시고 병원에서 만나기로 했다. 혹시 몰라 아빠의 검은 정장을 챙겼다. 엄마는 차마 운전대를 잡을 수 없었다. 어쩔 수 없이 택시를 불렀다. 다행히 차가 막히지 않아 1시간 30분 만에 병원에 도착할 수 있었다. 할머니의 병실은 20층 중환자 병동에 있었다. 병실에 들어서자 외삼촌이 엄마와 상만이를 맞았다.

"누나, 걱정 많이 했지? 일단 한번 고비는 넘기셨대."

엄마가 바닥에 털썩 주저앉았다. 잠든 할머니의 모습은 왠지 엄마를 닮아있었다. 얼마 안 있어 아빠도 도착했다.

"휴게실에서 얘기 좀 하고 있을 테니 할머니 좀 지키고 있어라."

아빠가 엄마, 삼촌과 함께 병실을 나서며 말했다. 엄마는 아빠에게 기대어 일어섰다. 빈 병실에서 한참 동안 할머니의 잠든 얼굴을 들여다보고 있었다. 평온해 보였다. 다시 보니 엄마와는 닮은 구석이 없었다. 이내 지루해진 상만이는 소리를 바짝 줄이고 TV를 켰다. 채널을 돌리다 몽골 여행 다큐멘터리에 시선이 고정됐다. 목동들이 모닥불을 피운 배경으로 밤하늘의 은하수가 멋들어지게 흐르는 모습이 보였다.

'멋지다. 구탱이가 좋아하겠는데. 좋았어. 저기야.'

한참을 화면 속으로 빠져들었다. 병원이 커서 그런지 건물 밖에서는 연신 구급차의 사이렌 소리가 끊이지 않았다. 어른들이 돌아왔다.

"근처에 큰 사고가 난 것 같은데. 뉴스 좀 보자."

삼촌이 채널을 돌렸다.

'중학생 포함 10여 명 C타워 엘리베이터에 고립 추정'

"C타워라면 저 건물 아니야? 어이, 저기 언기 봐라. 낯네."

삼촌이 창문 밖을 가리키며 말했다. 우연히도 뉴스의 현장하고 가까이 있다는 것이 신기했다. 엄마는 다시 예의 그 단정한 자세로 소파에 정돈되어 앉아 있었다. 뉴스에서는 사건 현장을 막 벗어난 사람들의 인터뷰가 방송되고 있었다. 엘리베이터에 고립된 중학생들의 친구라는 아이의 인터뷰가 시작되었다. 얼굴이 가려졌지만, 왠지 낯설지가 않았다. 어디선가 본 듯한 교복이었다.

'구탱이가 언제 현장학습 간다고 했더라. 오늘…!'

어른들에게 양해를 구하고 병실을 나섰다. 조용히 전화 걸 만한 곳을 찾아 계단실로 들어갔다.

'구탱아 전화 받아라. 좀.'

사고가 발생하여 제한된 지역에 갑자기 통화량이 몰려 통신망이 먹통이 되는 건지 연결이 되지 않아 계속 다시 전화했다. 마침내 신호가 갔다.

'제발…'

구탱이가 전화를 받았다.

'아, 다행이다.'

기뻤다.

"여보세요? 구탱아! 구탱아, 어디야? 대답해."

"…"

아무 대답이 없었다.

오래 들고 있을 여유가 없었다.

'재진이한테 해보자.'

재진이 역시 전화를 받지 않았다. 준석이도 받지 않았다.

'이것들은 정작 필요할 때는 연락이 안 돼.'

그때 전화벨이 울렸다. 좀 전에는 통화 중이었던 호빵의 전화였다.

"대장 애들이 엘리베이터에 있나 봐."

호빵이 울먹이고 있었다.

"아니야. 방금 구탱이가 전화 받았었단 말이야."

"정말? 어디라는데?"

"몰라."

"알았어. 일단 끊어. 선생님한테 얘기해야겠다."

상만이는 계단실에서 꼼짝할 수가 없었다. 호빵의 전화를 기다렸다. 초조한 시간이 흘렀다. 그때 갑자기 계단실 문이 무겁게 열리고 환자복을 입은 아줌마가 쓰러지듯 들어왔다. 상만이와 눈이 마주쳤으나 초점이 없었다. 실성한 사람처럼 보였다. 계단 난간을 잡고 휘청휘청 몇 계단 내려가더니 그대로 자리에 주저앉았다. 앉은 채로 주섬주섬 전화기를 꺼내더니 이내 떨어뜨리고 몸이 축 처졌다.

"이줌미! 이줌미! 괜찮으세요?"

환자를 아무리 흔들어도 대답이 없었다. 계단실 문을 열고 사람들을 불렀다. 마침 지나가던 아저씨가 뛰어 들어왔다.

"누나! 정신 차려."

아저씨가 환자를 업고 뛰어갔다. 간호사들이 어느새 따라 붙었다. 상만이도 무엇에 홀린 듯 그들을 따라갔다. 환자를 병실에 눕히고 의사들이 처치를 시작했다. 상만이는 열린 병실 문을 통해 그 광경을 지켜봤다. 그리고 그 뒤로 TV 화면에 박힌 자막이 눈에 들어왔다.

'승강기내 탑승객 발견. 의식불명. 병원 후송.'

그 자리에 박힌 듯 서 있었다. 아줌마가 한고비를 넘겼는지 아저씨가 병실에서 나오며 상만이에게 고맙단 말을 했다.

"저 응급실에 빨리 가봐야 해서요."

8일

아침에 일어나자마자 니콜라의 안부가 궁금했다.

"빈, 모두에게 미안해요. 아무래도 저는 더는 같이 못 할 것 같아요."

확연히 해쓱해진 얼굴이 니콜라의 현재 상태를 말해줬다.

"캠프로 돌아가는 건가요?"

"일단은요. 거기서 머무를지 울란바토르로 가서 휴식을 취할지는 아직 결정 안 했어요. 빈 이메일 주소 알려주세요. 그동안 찍은 사진도 그렇고, 연락할게요."

니콜라와의 작별은 모기와의 그것과는 또 다른 것이었다. 지금까지 몽골 마부들과 우리 사이에서 균형을 잡아주며 함께 험난한 여정을 같이 했다. 아이들도 그와의 작별이 못내 아쉬운 듯했다. 비록 깊은 대화를 나누지는 못했지만 늘 곁에서 그들을 돌봐왔다는 것을 모를 리 없었다. 일단 떠나기로 했지만, 니콜라는 아침에 몸을 시험 삼아 움직여보며 끝까지 우리와 완주 할 가능성을 알아보려고 노력했다. 그러나 설상가상 부신한 몸으로 음 찍이디기 발목을 크게 집질렀다. 결국 그 아침에 우리를 떠나보내고 홀로 남았다. 몽골인 현지 가이드에 이번에는 베테랑 모험가마저 우리의 원정길에서 낙오했지만 정작 연약한 우린 아직이다. 때때로 삶에서 내 어깨에 잔뜩 들어간 힘을 빼고 철저히 약한 나를 인정하고 받아들이면 생각보다 멀리 갈 수 있다.

어제는 너무나 많은 일들이 벌어졌고 그 모든 것을 소화하기에는 지난밤이 너무 짧았다. 자칫 감상에 빠지거나 집중력을 잃을 수 있었다. 하지만 그러고 있기에는 우리의 일정이 계획에 비해 많이 뒤처져 있었다. 우리는 원래의 경로가 아닌 지름길을 이용해 가고 있었다. 그러나 둘 남은 마부들은 그 지름길에 대한 확신이 없었다. 다행히 경험이 가장 많은 애기가 자동차로 벌판을 가로질러 나타나서 두 마부에게 방향을 알려주고 사라지면 우리는 그가 지시한 방향으로 또 말을 몰아 달려갔다. 언덕의 가파른 경사만 아니면 가리킨 방향에 어떤 장애물도 없었다. 그 방향으로 달리기만 하면 그만이었다. 오로지 초원의 오랜 경험에 의지한 라이딩이었다. 비록 말을 같이 타고 있지는 않았지만 애기의 경험에 믿음이 갔다.

많이 익숙해진 승마임에도 말을 달리는 것은 여전히 엄청난 집중력과 몰입이 필요했다. 중간중간 목을 축이기 위한 휴식과 점심식사 시간 말고는 말에서 내리지 않았다. 사람과 말, 둘 다 앞을 보고 달리는 것 외엔 다른 것은 안중에 없었다. 사라진 일행들의 빈자리와 다가오는 마지막이 묘하게 화학작용을 일으켜 우리 가운데 알 수 없는 분위기를 만들어냈다. 조금 이른 시간에 저녁 캠프 장소에 도착했다. 저녁을 준비하기 전 리마와 투식이 모두를 모이게 했다. 짧은 영어지만 리마가 시작했다.

"저녁을 먹고 투식하고 제가 모든 말을 끌고 이동할 겁니다. 여러분들은 애기의 차를 타고 야영지까지 먼저가 계세요."

이곳이 숙영지가 아니라는 말이었다. 늦어진 일정을 따라잡기 위해 야간에 이동을 감행하겠다는 뜻이었다.

"시간이 얼마나 걸릴 것 같아?"

황사장이 물었다.

"2시간 정도? 우리끼리만 달리면 훨씬 빨리, 멀리 갈 수 있습니다. 해가 기니까 많이 어두워지기 전에 도착할 수 있을 겁니다."

리마가 대답했다. 이들과 그동안 지내면서 얻은 교훈이 있다면 이들의 시간개념이나 약속은 언제나 유동적이라는 것이다. 나쁘게 말하면 믿을 수 없는 것이다. 2시간이면 분명 어둡기 전에 만날 수 있을 만 했다. 그러나 그들의 약속에 믿음이 가지 않았다. 그때 한창 승마에 물이 오른 김목수가 나섰다.

"그럼 나도 같이 갈래."

말리고 싶었지만 곧이어 황사장이 동참했다. 니콜라가 있었으면 마부들이 과연 이런 뜬금없고 위험한 제안을 할 수 있었을까 생각했다.

"태호야, 너도 아빠랑 같이 가자!"

태호가 얼른 끼어들었다. 두 부자 사이에 전우애가 생겼는지 위험에 대한 민감성이 떨어져 있었다. 아빠니까 아들을 책임지는 결정을 할 수 있기도 했다. 뜻밖에도 상만이가 자원하고 나섰다.

"아저씨, 저도 같이 가고 싶어요."

상만이의 지원에 놀라지 않을 수 없었다. 아빠가 아닌 나는 동의할 수 없었다. 더군다나 나는 오늘은 더는 말을 탈 수 있는 몸 상태가 아니었다.

"상만아, 위험해."

"저 지금까지 안 빠지고 왔는데 여기서 그 기록이 깨지면 억울할 거 같아요."

녀석의 눈빛이 단호했다. 이 모든 여정을 말을 타고 완주하겠다는 목표를 꼭 달성하고 말겠다는 결심이 확고했다. 말리고 싶었다. 그러나 나는 이런 싸움에서 이겨본 적이 없었다. 아니 한 번은 있었을지도 모른다.

"그래 상만이는 내가 잘 챙길 테니까 율이나 좀 봐줘."

김목수가 자신 있게 말했다.

"난 아무래도 내키지가 않는데…. 정말 어둡기 전에 도착할 수 있을까?"

나의 염려는 저들의 흥분된 기대에 휘발유처럼 날아갔다. 몽골의 여름 해는 길었다. 그밖에 달리 믿을 만한 것도 없었다. 결국 리마, 투식, 황사장, 김목수, 태호 그리고 상만이가 야간 승마를 하기로 했다. 주인을 태우지 못한 5마리의 말들도 그들과 함께 떠났다. 나와 임선생, 율이가 남았다. 서둘러서 그들을 먼저 떠나보내고 저녁 식사 자리 정리를 마친 후 짐을 차에 싣고 출발했다. 출발하자마자 높은 산을 넘어야 했다. 차가 굽이굽이 돌아 올라갔다. 멀리 먼저 출발한 우리의 일행들이 힘겹게 가파른 산을 가로질러 올라가는 모습이 보였다.

"힘들긴 하겠지만 저렇게 가로지르면 우리보다 일찍 도착할 수도 있겠는데."

임선생이 재미있다는 듯이 이야기했다. 차라리 보지 않는 편이 편했다. 차가 꽤 긴 시간을 이동했다. 따지고 보면 이 차도 정해진 길을 달리는 시간이나 말을 타고 가는 것처럼 길 없는 길을 가로지르는 시간이 비슷했다. 멀리 기찻길이 보였다. 에끼기 우리를 내려놓은 곳은 넉시나 아무것도 없는 언덕 중턱이었다. 약간 어두워지긴 했지만 아직 시간 여유가 있어 보였다. 임선생과 열심히 다른 사람들의 텐트까지 펴고 자리를 깔았다. 자리가 다 정리될 때쯤은 완연히 해가 져 있었다. 그때 갑자기 애기가 차를 몰고 나갔다. 그들을 데리러 간다는 것이었다.

"아무 건물도, 특이한 지형지물도 없는데 어떻게 사람들을 찾는다는 거지?"

임선생이 떠나는 애기를 보며 혼잣말처럼 물었다.

"애기의 경험을 믿을 수밖에요."

바로 대화가 끊겼다. 산 아래를 향해 의자를 펴고 앉았다. 예상보다 해가 빨리 졌다. 어제만 해도 이맘때가 이렇게까지 어둡지 않았는데 하루가 다르게 해가 짧아졌다. 마부들이 예상했던 2시간은 이미 훌쩍 지나 있었다. 초조한 시간이 흐르고 있었다. 완전히 어둠이 내렸다. 가끔 산 아래 도로에 자동차 불빛이 보이면 애기의 차인가 뚫어지게 쳐다보고 우리의 위치를 알려주기 위해 손전등을 깜박이고 흔들기도 하며 표시했다. 그러나 아쉽게도 모두 그냥 지나치는 차였다. 근처 철길을 기차가 지나가며 쏘아내는 전조등 불빛이 새까만 도화지 같은 대지를 예리한 칼처럼 가르고 나갔다. 기차가 언덕 뒤로 사라지고 나자 완전한 암흑이 기차의 꼬리를 물고 따라왔다. 모닥불빛이 감도는 우리 주위 말고는 구분이 되지 않는 어둠이었다. 아무런 지형지물도 구분이 안 되는 상황에서 우리가 있는 곳을 찾을 수 있을까 싶었다.

"아저씨, 우리 아빠 언제 오는 거예요?"

"응 율아, 애기 아저씨가 데리러 갔으니까 곧 오실 거야. 걱정하지 마."

말은 그렇게 했지만 아무런 확신이 없었다. 임선생을 바라보았다. 오늘은 그도 별을 올려다보지 않았다. 입술을 적시며 아무것도 보이지 않는 어둠을 응시하고 있었다. 자꾸 불길한 생각이 꼬리를 물었다.

'사고가 발생했다면 어디에 먼저 연락해야 하지? 말도 안 통하는데 도와줄 사람이 누가 있을까? 모기? 니콜라? 대사관?'

방정맞은 생각이라고 자책도 했다. 이제는 이따금 지나던 자동차 불빛도 거의 안 보였다. 한기가 느껴져 율이를 텐트 안으로 들여보내고 임선생과 나란히 앉아 일행을 기다렸다. 불안한 마음으로 누군가를 하염없이 기다리는 느낌이 왠지 낯설지 않았다.

'역시 허락하는 게 아니었어. 안된다고 하고 싶었지만 그렇게 원하는데 그럴 수가 없었어. 결국 또 이렇게 힘들게 됐네.'

문득 아내가 불쑥 이혼서류를 내밀던 그 밤이 떠올랐다. 아내의 놀라운 선택을 듣고도 내가 아무런 말도, 행동도 보이지 않자 지영은 그 길로 박차고 집을 나섰다. 막지 않았다. 그래 놓고는 밤새 그가 돌아오길 기다렸다. 안된다고, 같이 있고 싶다고 한마디를 못 하고 가지 말라고 막아서지 않은 채 기다렸다. 그는 끝내 돌아오지 않았다.

"내가 지금 얼마나 무서운지 아니?"

이럴 때 달이라도 옆에 있었으면 좋았겠다는 생각으로 무심코 이런 고백을 입 밖으로 내어놓고선 놀라는 한편 편안했다. 굳이 속으로 삼킬 필요가 없었다. 비록 달이는 아니지만 말은 하되 내 말을 못 알아듣는 임선생이 그저 묵묵히 듣고만 있었다. 혼잣말이 미안했지만 내친김에 중얼거리듯 읊조렸다.

"아직도 모르겠어. 그때 왜 아내를 그렇게 가도록 내버려두었는지. 죄책감과 상실감으로 제정신이 아니었어. 아내를 바라볼 자신이 없었어. 그래서 보내주는 게 맞다고 생각했어. 견딜 수 있을 거라고 믿었어. 그런데 너무 무서웠어. 그대로 세상과 나를 연결하는 선이 끊어진 것 같았거든. 다시는 그런 공포를 느끼고 싶지 않았어. 살기 위해서 무감각해져야 했지."

임선생이 중얼거리는 나를 물끄러미 바라보다가 나와 시선이 닿자 마치 다 알아들었다는 듯이 계속하라며 천천히 고개를 한번 끄덕이고 다시 어둠 속으로 시선을 돌렸다. 고마운 친구다.

"여기 오기 전에 죽은 아내를 만나러 갔다 왔어. 너무 자그맣더라. 그런데 아직도 모르겠어. 그때 내가 왜 잡지 않았을까? 그리고는 여태 이렇게 붙잡고 있었어. 이제 놔 줘야 할 것 같아. 저 별로."

멀리 강렬한 서치라이트 불빛이 '쿵' 갑자기 나타났다. 짙은 어둠과 대비되어 무슨 비행체 같은 빛이 공중을 둥둥 떠날아다니는 것처럼 보였다. 그 빛에 비하면 초라하기 짝이 없지만 임선생과 같이 손전등을 있는 힘껏 흔들었다. 빛의 비행체가 우리를 향해 방향을 틀었다. 우리가 지난밤에 상상했던 UFO가 현실이 되었다. 곧이어 '츄우 츄우' 말을 재촉하는 소리가 들렸다. 그 소리에는 야속하게도 우리의 조바심과는 상관없이 기쁨과 흥분이 잔뜩 묻어 있었다. 리드미컬한 말발굽 소리도 연이어 따라왔다.

"율아, 아빠 오신다!"

율이가 펄쩍 뛰어나왔다. 그러나 소리는 다가오는데 그들이 코앞에 다가 올 때까지 모습은 어둠 속에서 확인할 수 없었다. 이윽고 멈춰 선 애기의 차 지붕에 달린 서치라이트가 만들어 놓은 빛 안에 그들이 모습을 드러냈다. 율이가 '왕' 울음을 터뜨리며 아빠에게 달려갔다. 어딘 녀석이 불안했을 텐데 참고 있었던 모양이다. 영문을 모른 아빠는 얼른 말에서 뛰어내려 어리둥절한 채 아이를 안아 올렸다. 이제 유목민이 다 된 우리의 친구들은 야간 승마의 특별한 경험으로 흥분해 있었다. 해냈다는 기쁨과 자부심으로 기다리고 있던 친구들의 울상이 된 얼굴을 살필 겨를이 없었다. 얼른 자신들의 무용담을 들려주고 싶어 하는 눈치였다. 멀쩡한 그들의 모습을 확인하자 반가움보다는 야속함이 더 강하게 느껴졌다.

"중간에 길을 잃었지 뭐야. 애기를 만날 때까지 한참을 헤맸다니까."

황사장이 여전히 흥분된 호흡으로 말에서 뛰어내리며 먼저 말했다.

"힘들었지요?"

그렇다는 답변을 기대하며 뒤에 따라온 아이들에 시선을 두고 물었다.

"너무 재미있었어. 자기도 같이했으면 좋았을걸."

기대는 보기 좋게 빗나갔지만 나 역시도 차라리 그 기대가 틀리면 좋았을 거로 생각했다.

역시 우리의 몽골 마부들은 예측이 불가능했다. 출발하고 얼마 못 가 길을 잃고 만 것이다. 유목민의 예리한 방향 감각이 오랜 문명 생활로 인해 무뎌진 게 틀림없었다. 다행히 애기의 감각은 여전했나 보다. 그들의 설명만으로 위치를 특정해 찾아내고 차 위에 달린 조명으로 어둠을 뚫고 그들을 여기까지 인도해 왔다. 말도 사람도 땀으로 흥건했다. 하지만 땀은 쌀쌀한 밤바람에 이내 식었다. 초조함과 걱정으로 진이 빠진 나는 좋은 표정으로 그들의 모험 얘기에 맞장구를 쳐줄 마음이 없었다. 말에서 내린 상만이에게 다가갔다. 상만이는 구탱이를 쓰다듬고 있었다.

"걱정 많이 했다. 괜찮은 거지?"

"네."

좀 나아졌나 싶었지만 여전히 야속한 대답이었다. 걱정한 마음의 애씀이 서러웠는지 울컥했다.

"난 혹시 무슨 사고라도 났을까 봐 가슴이 무척이나 조마조마했다."

"아저씨가 걱정할 것 같더라고요."

"정말? 그 말을 들으니 기분이 좀 괜찮아진다."

"왜요?"

"그렇잖아? 상대방은 전혀 모르고 있는데 나만 혼자 안절부절못한다고 생각해봐. 좀 손해 보는 느낌이라고 해야 하나?"

"제가 그렇다고 얘기 안 했으면 계속 손해 본 느낌이었겠네요?"

"그나마도 이렇게 볼 수 있으니까 그럴 수 있는 거지. 이니다. 힘들었을 텐데 좀 쉬고 따뜻한 차라도 마시자."

일행이 돌아오기를 기다리는 동안 임선생과 어렵게 불을 피워 놓았었다. 그동안 마부들이 불을 지필 때는 쉽게 불이 붙는다고 생각했지만 직접 하려니 여간 어려운 일이 아니었다. 정신이 아득할 정도로 입바람을 연신 '후후' 불어댄 끝에 겨우 피워놓은 불에 주전자를 올려두었다. 덕분에 야간 원정대에 따뜻한 차를 대접할 수 있었다.

야간 강행군의 피곤함과 기다림의 간절함으로 모두들 지쳤는지 얼마 지나지 않아 각자의 텐트로 돌아가고 상만이와 단둘이 남게 되었다. 가파른 언덕이라 모닥불은 발밑에서 나지막이 넘실거렸고 맞은편으로는 거칠 것 없는 별하늘이 펼쳐졌다. 빨갛게 넘실대는 불과 하얀 별을 번갈아 보다 보니 모닥불에도 하얗게 흩날리는 재와 더불어 별의 잔상이 떠다녔다. 상만이가 팔베개를 하고 드러누워 하늘을 바라보았다. 불규칙하게 날름거리는 불길을 하염없이 바라보고 있자니 따뜻한 기운이 전해지며 그간의 긴장으로 굳었던 낯부터 마시멜로처럼 녹아내려 녹녹해진 느낌이었다.

"이혼한 아내가 작년에 병으로 죽었어."

불쑥 상만이에게 고백하듯 이야기를 시작했다. 이번에는 알아듣기도 하고 대꾸도 할 수 있는 사람이 있음에도 서슴없이 말했다. 하지만 고맙게도 녀석은 자세를 바꾸지도, 듣고 있다는 신호도 보내지 않았다. 나도 내 마음이 왜 이렇게 녹녹해졌는지 알 수가 없었다.

"사랑하는 사람을 이혼으로 떠나 보내놓고 슬퍼할 자격이 없다고 생각했어. 그게 얼마나 바보 같은 생각이었다는 걸 알았다. 오늘 밤에 혼자 남으면 실컷 울 거다."

"지금 울어도 못 본 체해 줄 수 있어요."

하늘로 시선을 돌렸더니 무수한 별들이 뱅뱅 돌고 돌아 곧 정신이 아련해졌다.

"아저씨, 작년에 있었던 C타워 화재 사건 기억해요?"

상만이가 낮게 물었다.

"알지 그맘때 아내가…"

"구탱이랑 내 친구들이 그 사고로 죽었어요."

또다시 전 국민을 허망함과 무력한 분노로 몰아넣었던 그 사건을 모를 리 없었다. 작은 화재였고 또 그만큼 빨리 진화되었다. 그런데 그런 화재에 6명의 중학생과 3명의 어른이 어이없이 희생되었다. 전국적인 추모 분위기가 이어졌다. 특히 그 학생들이 살던 작은 전원도시 금마시는 온통 초상집 분위기였다.

"분명 내 친구들인데 같은 학교에 다니지 않고 금마시에 살지도 않는 내가 정신없이 슬퍼하니까 선생님이랑 학교 친구들, 그리고 부모님께서도 그러지 말라고 했어요."

아이는 흥분하지 않았다. 나지막이 독백하듯 이야기했다.

"걔들이 얼마나 소중한 내 친구들인지 모르면서 나를 이상하게 쳐다봤어요. 내 생각에 내가 제일 슬픈 사람인 거 같은데 그러면 안 된다는 거예요. 아직 다 슬퍼하지도 못했는데 그만 슬퍼하고 공부하라고, 학교 가야 한다고 다그쳤어요. 아무 잘못도 없이 친구들이 죽었는데 왜 나는 화도 못 내고 마음 놓고 울지도 못하는지 이해가 안 됐어요. 같은 학교에 다니지 않아서? 내가 공부해야 하는 학생이라서?"

처음의 담담함은 어느덧 하얀 연기만큼 커졌다. 모닥불에 나무가 타면서 '딱딱' 소리를 냈다. 내 마음속에도 뭔가가 타는 것 같았다. 뜨거운 무엇이 올라왔다. 나는 이렇게 뜨거운데 정작 상만이는 따뜻한 정도였다. 나의 뜨거움을 다스릴 필요가 있었다.

"1년이 넘도록 그런 슬픔을 혼자서 삼키고 있었던 거구나."

상만이가 말없이 일어나 앉더니 마른 소똥 뭉치를 모닥불로 던졌다. 소똥이 불 위에 풀썩 소리를 내며 자리를 잡자 하얀 연기가 높게 올라갔다.

"아저씨, 그때 막 울고 화내고 싸웠으면 지금처럼 이렇게 미안하고 답답하고 그러지 않고 원래의 나로 금방 돌아올 수 있었을까요?"

"음, 그 답을 알 수는 없지만 지금 이렇게 얘기하는 너를 보니 충분히 먼저 간 친구들을 사랑했고 지금도 그리워하는 마음이 느껴진다."

"아저씨처럼 저도 슬퍼할 자격이 없다고 생각했는지도 모르겠어요. 저도 그렇고 주위 사람들도."

사춘기 청소년의 예민한 감수성이란 온갖 감정의 생채기로 인해 굳은살이 덧씌워진 내 심장에 생각지 못한 파장을 불러일으켰다. 자기 얘기처럼 내 얘기를 하고 있다.

"슬픔이 그렇게 큰데도 주변의 눈치를 보면서 속으로 삭였을 걸 생각하니 네 마음이 어땠을지…. 사람의 감정을 제한할 자격은 누구에게도 없지."

그럼에도 타인에게 그런 자격을 준 사람은 누구인가? 바로 나 자신이었다. 그래서 아내의 죽음 앞에서 어찌할 바를 모르고 로봇처럼 행동했다. 상만이도 그러한 압력에 굴복하고 말았다. 그리고 숨었다.

"아직도 구탱이가 왜 별을 좋아했는지는 모르겠어요. 하지만 여기서 첫날 별을 보면서 저한테는 이유가 생겼어요. 별 이유가 없어도 되는구나. 망원경에 비친 별을 보는데 그냥 웃음이 나왔어요. 신기하고 재밌고."

"구탱이도 그런 마음 아니었을까?"

대답하는데 뭔가 엇나가고 있음이 느껴졌다. 나도 성민이도 어딘가에서 각자 헤매는 느낌이었다.

"아저씨, 제가 왜 제 말한테 구탱이라고 이름을 지어줬는지 물어봤죠?

"응."

"애도 작고 겁이 많잖아요. 구탱이도 그랬거든요. 구탱이가 얼마나 겁이 많았냐 하면요 '그것이 알고 싶다'에서 좀 무서운 살인사건 이야기만 나와도 2층 지 방에 혼자 못 올라갔어요. 걔네 아빠가 같이 올라갔다가 내려가고 나면, 이번에는 저한테 전화해서 한동안 수다를 떨어줘야 했다고요."

두 친구 사이의 우정 이야기를 듣기에 더할 나위 없이 적당한 공간과 시간적 배경에 있었지만 한 친구의 고백만이 있었다.

"구탱이랑은 정말 특별한 친구였구나. 그렇게 잘 챙겨주기도 하구."

상만이는 나를 폐쇄되고 뜨거운 공간에서 극한의 공포에 휩싸였을 구탱이로 만나길 원했으나 나의 무엇이 그걸 가로막고 그저 둘 사이의 관계에 머물게 했다.

"그날도 구탱이가 전화를 받았어요. 그 엘리베이터 안에서요."

하늘의 별들을 올려다보는 녀석의 눈에서 처음으로 별빛 눈물이 떨어졌다. 나는 여전히 머뭇거렸다. 그 아픔에 다가가는 것이 두려웠다.

그 봄 4년 후

친구들과 왁자지껄 시끄럽게 떠들며 엘리베이터에 오르면서 이미 승차해 있던 3명의 어른이 불편한 시선으로 자신들을 쳐다보는 것이 조금 미안해진 구탱이는 여전히 눈치없이 어수선한 친구들을 어쩌지 못하고 시선을 엘리베이터 계기판에 고정시켰다. 그 계기판은 최첨단 빌딩답게 화려한 그래픽으로 온도, 습도는 물론 실내 미세먼지 농도, 운행속도 등 쓸데없는 정보들이 가득했다.

"우아, 이게 다 뭐냐? 엘리베이터도 복잡하네."

"공기 정화기능도 있다. 야, 숨 깊이 들이마셔라."

자기들이 더 공기 좋은 곳에서 왔으면서도 막상 그 가치를 모르고 있었다. 교복을 입어서 그런지 한껏 들뜬 친구들은 다른 승객들의 시선은 아랑곳없이 들떠 소란이었다. 몇 개의 엘리베이터를 옮겨 타며 건물을 위아래로 탐험하는 중이었다. 이제는 지겨울 만도 한데 여전히 최첨단 초고층 빌딩은 신기한 곳이었다.

친구들의 흥분이 조금 가라앉자 순간적으로 실내가 조용해졌다. 주위가 조용해지자 심상치 않은 기계음이 귀에 들어왔다. 그리고 곧바로 매캐한 냄새가 느껴졌다. 승객들 모두 이상하다고 느끼는 순간 갑작스럽게 승강기가 멈추고 실내조명이 어두워졌다. 화려했던 승강기의 계기판도 꺼졌다. 구탱이는 계기판만 뚫어지고 보고 있었기에 마지막 순간의 숫자를 기억하고 있었다. 구탱이와 친구들은 어리둥절 서로의 얼굴만 쳐다볼 뿐 조금 전까지의 들뜸은 온데간데없이 사라졌다.

"엘리베이터가 멈췄어요."

한 승객이 비상통화장치를 누르고 말했다.

"…"

대답이 없었다.

곧 다시 조명이 들어왔다. 승객들이 안도의 한숨을 내쉬었다. 그러나 승강기 내의 비상통화장치는 여전히 먹통이었다. 휴대전화도 신호가 잡히다 안 잡히기를 반복하더니 결국 안테나가 사라졌다.

"별일 아닐 거야. 너무 걱정 말아라."

말끔한 정장 차림의 아줌마가 어린 학생들을 향해 침착한 목소리로 말했다. 낯선 3명의 어른은 정말 평온해 보였다. 이런 일을 이미 몇 번 경험해본 사람들처럼 행동했다. 덕분에 구탱이와 친구들도 안정을 찾아가고 있었다. 한동안 조용한 침묵 가운데 시간이 흘렀다. 순간 쇠붙이 긁히는 소리와 함께 승강기가 덜컹거렸다. 위험을 감지한 승객 모두가 동시에 승강기 바닥과 벽에 착 달라붙었다. 곧 요동이 멈추자 승객 중 한 아저씨가 승강기 문을 두드리며 우리의 존재를 알렸다.

'쿵쿵쿵'

'…'

조용했다. 서로의 시선을 피하며 또 시간이 흘렀다. 꽤 오랜 시간이 흐른 것 같았지만 승강기가 멈춘 지 채 5분도 지나지 않았다.

"현재 건물 내 화재로 비상전력 공급 중입니다. 당황하지 마시고 침착하게 안내에 따라주시기 바랍니다."

희미하게 방송이 들렸다.

"불이 났나 봐? 괜찮은 건가?"

친구들이 웅성거리기 시작했다.

"얘들아, 좀 조용하자. 신경 쓰인다."

서류 봉투를 든 퀵서비스 직원이 헬멧의 고글을 올리며 말했다. 그는 안전을 위해서 절대로 헬멧을 벗지 않기로 마음먹은 상태였다. 아이들은 다시 조용해졌다. 다시 시간이 흘렀다.

"아, 무슨 냄새 안 나?"

한 아이가 말하자 모두 킁킁거리며 냄새를 맡기 시작했

다. 분명히 연기 냄새였다. 재진이가 승강기 문을 열어보겠다고 손가락을 문틈으로 밀어 넣으려고 하자 준석이가 반대쪽 문에 붙어 같이 힘을 썼다.

"좀 가만히 있으래도. 그러다 괜히 고장만 난다."

말쑥하게 머리를 넘긴 아저씨가 불편한 기색으로 친구들을 제지했다. 눈치가 보여 멈출 수밖에 없었다.

다시 조금 지나자 하얀 연기가 조금씩 승강기 안으로 스며드는 것이 보였다. 모두가 입을 틀어막고 벽에 붙어 섰다. 이제는 아저씨 둘이 승강이 문을 두드리며 소리를 지르기 시작했다. 이윽고 연기가 승강기를 삽시간에 가득 채웠다. 구탱이는 숨을 쉬기 답답하고 죽을 것 같은 두려움을 느꼈다. 그리고 눈을 감았다.

얼마나 지났을까? 쿵쾅거리는 소리에 구탱이가 잠시 눈을 떴을 때 자신과 친구들이 승강기 바닥에 누워 있는 모습이 보였고 퀵서비스 아저씨가 헬멧을 벗어 손에 들고 승강기 문을 부술 듯이 두드리고 있었다. 그 소리가 머리를 띵하게 울리고 꽉 채워 다시 눈을 감았다.

"웅~"

손에 든 채로 쓰러진 휴대폰의 진동에 다시 눈을 떴다. 반사적으로 통화 버튼을 눌렀지만 목소리가 나오지 않았다. 전화기 너머로 상만이의 다급한 외침이 들렸다.

"구탱아 어디야? 대답해."

정신을 차리려고 노력해도 맘처럼 되지 않았다. 이내 전화가 끊겼다. 손가락을 겨우 움직여 문자를 보냈다.

"46"

그때 데구루루 헬멧이 눈앞으로 굴러떨어졌다. 사방이 조용해지자 다시 잠이 들었다.

마지막으로 있는 힘을 다해 눈을 떴을 때 사람들이 자신을 둘러싸고 어디론가 달리고 있었다.

9일

그동안 뒤처진 일정을 만회하기 위해서 열심히 달려온 덕에 내일 오전이면 원래의 스케줄대로 베이스캠프에 도착할 정도가 되었다고 한다. 오늘 저녁은 베이스캠프 가까운 곳까지 가서 묵고 내일 오전 짧은 라이딩으로 일정을 마무리한다고 하니 실질적으로 마지막 라이딩의 날이 밝았다. 지난밤 야간 라이딩의 흥분과 마지막이라는 무게감이 묘하게 조화를 이룬 아침이었다.

우리의 장정을 기념하기 위해 출발 전에 기념사진을 찍기로 했다. 모두가 기승한 채로 카메라를 바라보고 부채꼴 모양으로 모였다. 이제는 제법 말의 미세한 움직임도 조정할 수 있게 되어 부채꼴의 꼭짓점을 향해 말들을 정렬시키고 사진 찍는 동안 정지시켜 단체로 포즈를 취할 수 있을 정도가 되었다. 막상 각자 말과의 한층 발전한 호흡을 확인하자 서로 신기해하는 한편 대견하고 자랑스러웠다.

마지막이니만큼 아쉬움이 없도록 최대한 말을 열심히 그리고 잘 타고 싶었다. 너른 초원에 '두두둑 두두둑' 리드미컬한 말발굽 소리만이 가득했다. 원정대 누구 하나 빠지지

202

않고 달리고 또 달렸다. 흔들리는 말 위에서 온몸이 같이 출렁이고 심장이 달음박질치면서 덩달아 몸이 뜨거워졌다. 말과 같이 심박이 올라가고 호흡이 가빠져 숨이 찼다. 이전 같으면 우리를 돌보느라 의도적으로 속도를 늦췄을 마부들도 오늘은 아무런 제지 없이 같이 달렸다.

각자 마음껏 달리다 보니 어느새 서로 간의 거리가 상당히 벌어지고 대열이 자연스럽게 흩어졌다. 그동안 말무리 중에 덩치는 가장 크지만 일행 중 가장 무거운 나를 버텨온 달이는 역시 꾀를 내기 시작했다. 힘에 부친지 걷기 시작하더니 어느새 무리에서 이탈하여 길을 벗어나 언덕 위로 천천히 걸어 올라갔다. 내가 고삐를 당겨 방향을 바로잡는 것도 그때뿐 곧 자기가 원하는 방향으로 돌아섰다. 일행들은 언덕 아래를 빙 돌아 달렸고 이제는 아스라이 형체만 보일 정도로 이미 멀리 있었다. 채찍을 써볼까도 했지만 이번에는 녀석을 믿기로 했다. 지금껏 달이와 그 정도 신뢰는 쌓여있다고 믿었다. 이미 숨은 고르게 편해졌다. 그만큼 일행은 먼 곳에 있었다.

순간 달이가 큰소리로 '히히힝' 하고 울며 앞발을 구르고 높이 들었다. 다행히 고삐를 잘 잡고 있어 미끄러져 떨어질 만큼 위험하지는 않았지만 녀석의 울음이 어찌나 컸던지 저 멀리 일행들이 일제히 이쪽을 쳐다보았다. 우렁찬 울음소리가 한달음에 언덕을 달려 내려가 그들에게 전달된 것이다. 그리고 보니 달이가 그들에게 자신을 바라보라고 메시지를 전달한 것 같았다. 정신없이 달리던 일행들도 그제야 나와 달이가 뒤에 쳐진 사실을 알아차린 모양이었다. 달이가 다시 한번 앞발을 높이 들어 구르고 큰 소리로 울었다. 개선장군들을 그린 거대한 그림에서나 볼 법한 힘찬 장면이 연출되고 말았다. 이놈이 모두의 이목을 집중시켜 놓고 입술을 '푸르륵' 풀고 잔발로 땅을 다지며 내게 신호를 보냈다. 자기는 주인공이 될 준비를 다 마쳤다고. 친구가 이처럼 보채는데 호응치 않을 방법이 없었다. 고삐를 바짝 쥐고 저 언덕 아래 속도를 줄인 일행을 향해 전속력 질주를 준비했다. 낮은 풀들이 무성한 완만한 경사의 언덕이었다.

두더지 구멍에 발을 헛디딜 걱정도, 경사에 고꾸라질 염려도 접어두고 뒤꿈치로 달이의 배를 걷어차 출발신호를 보냈다. 달이가 기다렸다는 듯이 머리를 좌우로 두어 번 휘젓고 크게 울며 달려 나갔다. 그 후부터는 어떤 무아지경 같았다. 낮은 수풀은 우리가 지나가자 꽃가루를 흩뿌리며 응원했고 사위가 조용한 채 오로지 '두두둑 두두둑' 복잡하지만 규칙적인 말발굽 딛는 소리, 달이와 나의 가쁜 호흡소리, 귓전으로 돌아나가는 바람 소리만이 가득했다. 어떤 두려움이나 주저함도 갈등도 없었다. 평생 이런 시간이 있었나 싶은 몰입으로 순간순간이 세포 깊숙이 각인되고 있었다. 제법 먼 거리를 순식간에 내달렸다. 몰입의 끝에는 동료들이 있었다. 이윽고 일행 대열을 따라잡자 모두가 환성을 지르며 반겼다.

"뭐야? 아주 개선장군이 따로 없네."

가쁜 숨을 고르며 달이를 쓰다듬는 내게 김목수가 말했다.

"얘가 마지막이라고 인심을 쓰네."

말에게 인심이라니? 그러나 누구 하나 토를 달지 않았다. 이후로도 지축을 울리는 발굽 소리, 바람 소리와 함께한 라이딩이 고요하게 계속됐다. 그저 달릴 뿐이었다.

덕분에 일찍 숙영지에 도착했다. 내일 마지막 아침 잠깐이라도 달릴 거리를 남겨두기 위해 이쯤에서 멈췄다. 일정에 맞추기 위해 헉헉거리며 달려왔는데 이제는 오히려 속도를 늦추고 조절하는 처지가 됐다.

텐트를 설치하고 짐을 정리하고 저녁을 지어 먹고 정리를 마쳤는데도 하늘은 여전히 환했다. 오랜만에 평화롭고 여유 있는 저녁이었다. 원정 대원 각자 어딘가 자리를 잡고 있었는데 서로의 영역을 침범치 않으려 멀찍이 떨어져 있는 느낌이 있다. 섣불리 다른 이의 평화를 침범하지 않겠다는 공통의 배려가 느껴졌다. 가만히 바라보다 숙영지 뒤로 자리한 바위 언덕에 혼자 올랐다.

언덕 위는 평평한 풀밭이었다. 인근에서 지대가 가장 높아 보였다. 정상에 오르자 아래로는 석양에 누렇게 물든 초원이 끝도 없이 펼쳐졌다. 그동안 석양이 이처럼 단조롭고 초라한 한 가지 색상만으로도 멋지게 물들 수 있다는 것을 미처 깨닫지 못하고 달려왔다. 몽골에서도 여유가 없었다. 순간적으로 어디선가 바람이 세차게 일어 나를 치고 지나갔다. 어디에도 바람길을 방해할 장애물이 없기에 이 거침없는 바람이 내 몸에 닿기 전까지 어떤 바람의 기미도 느낄 수 없었다. 마찬가지로 나를 거친 바람이 또한 어느 방향으로 달리는지도 알 수 없었다. 그렇게 몽골 초원의 바람은 유령처럼 흔적 없이 초원을 떠돌았다.

바람의 흔적을 추적하는 부질없는 짓을 하다 우연히 멀리 언덕 아래 움푹 팬 곳에 쭈그리고 앉은 빨간 상의의 투식을 발견했다. 자세히 보니 엉덩이를 까고 볼일을 보는 중이었다. 몽골의 시야 한계치에 며칠 적응했다고 쓸데없이 눈이 밝아졌다. 어린 녀석이 전망 좋은 개방형 화장실에서 담배 연기를 뿜고 있다. 여기서는 그리 민망할 것도 없었지만 서둘러 시선을 돌려 반대편을 보았다. 어느 방향을 보아도 시야는 한계까지 막힘이 없었다. 인간으로서 인지할 수 있는 물리적 공간의 한계가 어디까지일까 궁금해졌다. 내가 발을 딛고 서 있는 이 땅이 저 끝까지 이어진다는 것이 새삼 신기했다.

언제부터였는지 모르게 상만이가 구탱이와 함께 언덕 위에 올라와 있었다. 평평한 언덕 꼭대기 중앙부위에 눈처럼 하얀 말대가리 백골이 놓여 있었는데 상만이가 무릎을 꿇고 두 손으로 그 뼈를 조심히 들어 올려 한동안 말없이 바라보고 있었다. 말이 흔한 만큼 그 죽음과 흔적도 어디에서나 쉽게 발견할 수 있었다. 거대한 말의 두개골은 이미 모든 영양소와 골수가 빠져나가선지 크기에 비해선 가벼운 편이다. 두개골에 비해 얇고 작은 뼈들은 다른 동물의 배 속으로 들어갔거나 삭아 바스러져 바람을 타고 사라진 지 오래이다. 살아서는 그 어떤 동물보다 당당하고 아름다운 윤기가 자르르 흐르고 매끈한 말이지만 두개골의 촉감은 푸석하고 거칠었다.

"언제 올라왔어?"

"좀 전에요. 여기 있는지 몰랐어요."

"경치가 좋아서."

상만이가 말뼈를 내려놓고 구탱이 옆에 섰다. 상만이는 구탱이에 오르지 않고 옆에 서서 고삐를 잡고 같이 산책하고 있었다. 둘도 없는 친구처럼 어깨를 서로 밀치며 다정히 게 바짝 붙어 걸었다. 작은 놀이터만한 평평한 언덕 정상을 천천히 돌았다.

"아저씨, 어제는 혼자 있게 해줘서 고마웠어요."

세상의 모든 것들은 복잡하게 서로 영향을 주면서 역동을 만들어낸다. 적어도 내가 공부해온 심리학에서 완전히 홀로 선 사건이란 없다. 내가 아무 생각 없이, 혹은 자신만의 사정으로 한 행동이나 말들이 어떤 결과로 돌아올지 아무도 예측할 수 없다.

어젯밤 상만이와 대화를 나누던 중 갑자기 힘겨워지는 순간이 있었다. 버텨보려고 했지만 깊은 심연에서 솟구치는 압력을 억지로 눌러내는 것에 에너지가 모두 뺏겨 상만이에 집중할 수가 없었다. 문득 자리를 박차고 일어나서 깊은 어둠 속으로 걸어 들어갔다. 사방이 꽉 찬 어둠이었다. 목구멍까지 숨이 막히고 가슴이 답답했다. 허리를 숙이고 컥컥거렸다. 이마에 식은땀이 맺혔다. 곧 토악질할 것 같았지만 다행히 쓰러지거나 정신을 잃을 정도는 아니었다. 머릿속이 온통 엉클어졌다. 무슨 생각이라도 떠올리려 안간힘을 썼지만 어떤 사고의 꼬리도 잡을 수 없었다. 몸도 머리도 협조하지 않는 상황에서 나의 모든 노력은 부질없는 짓이었다. 얼마나 시간이 흘렀을까 조금 괜찮아져 돌아와 보니 상만이는 잠자리로 돌아가고 없었다. 나도 조용히 텐트를 열고 들어가 아이 옆에 누워 잠이 들었다. 깊은 잠이었다.

"그럴 생각은 아니었는데 그렇게 됐다니 나로선 운이 좋
았다고 해야 하나?"

녀석이 살짝 웃었다.

"얘는 이게 뭔지 알까요?"

하얀 가루를 덮어쓴 거 같은 백골을 구탱이가 보지 못 하
도록 시야를 가로막으며 상만이가 말했다. 죽음과 사후세계
에 대한 인식은 인간 고유의 사고 결과라고 알고 있었다. 대
답 없이 상만이를 바라보았다.

"알고 있는 거 같아요."

상만이가 시간을 두고 생각하더니 스스로 대답했다. 어느
새 주위가 어두워졌고 별들이 드러나고 있었다. 정상에서
우뚝 솟은 나, 상만, 구탱이의 시커먼 윤곽이 도드라졌다.

"어떻게…?"

"저 마지막까지 구탱이랑 같이 완주한 거 맞죠?"

내가 질문을 채 마치기 전에 상만이가 말을 시작했다. 마
치 나의 다음 이야기를 알고 있어 들을 필요가 없는 것처럼,
아니면 아예 관심이 없었는지도 모르겠다.

"그래! 징밀 내난한 일을 해낸 거아."

엄격히 말하자면 내일이 남아있었다. 예전 같았으면 내일

까지, 진정한 끝까지 두고 봐야 한다고 답했을 것이다. 하지만 이 순간만큼은 너그러워지고 싶었다. 이 광경과 분위기에서는.

"아까까지만 해도 내일 구탱이랑 헤어진다고 생각하니까 슬펐거든요. 그런데 지금은 그렇지 않아요."

"나는 벌써부터 서울에서 어찌 지내야 하나 걱정인데 너는 그렇지 않다는 얘기네?"

내 말을 듣고는 대답을 하는 것인지 알 수 없게 상만이의 다음 대답이 시차도 없이 나왔다.

"내가 여기에서 살 수 없듯 얘도 한국에서 살 수 없잖아요. 우리 목장의 좁은 울타리 안에서 답답해할 얘를 상상할 수 없어요."

여행의 끝에 대한 아쉬움이 아닌 어렵게 쌓아둔 관계의 단절에 관해서 이야기 하고 있었다.

"같이 있을 방법이 없을까 생각했구나?"

"안 되는 일인지 알면서도 그냥 막연한 상상 같은 거였는데 여기 같이 올라오면서 정리됐어요. 구탱이도 여기서 자유롭게 지내다가 언젠가는 저런 백골이 되겠죠. 그게 슬픈 일은 아닌 거 같아요."

크게는 세상을 변화시키려는 도전에서부터 작게는 주위 누군가를 살짝 미소 짓게 해주려는 소박한 시도들에서 좌절한 경험이 얼마나 많았던가? 구탱이가 초원의 자유로운 야생동물로 태어나서 사람에 길들여져 같이 지내다가 결국 바람에 날려가 백골만 남게 되는 것, 상만이가 대한민국에 태어나서 중학생이 되고 경쟁하다가 늙어갈 일 어디에도 부자연스러움은 찾을 수 없다. 그에 대해 누구 하나 책임이 없다. 오히려 누군가 끼어들어 영향을 주려 한다면 평화로운 균형이 흐트러질 것이다.

"그래 구탱이는 잘 있을 거야."

나도, 상만이도 잠깐 하늘을 쳐다보았다. 시간이 또 그렇게 한참 흘렀다.

"그나저나 나는 내려가서 어른들끼리 한잔해야겠다. 마지막 밤이잖니."

"저는 조금만 더 있다 갈게요."

"그래 조금만이다."

보호자로서 늘 관심을 가지고 지켜봐 왔지만 지금은 혼자 두는 것이 자연스럽게 느껴졌다. 구탱이가 같이 있으니 안심이 되기도 했다.

상만이는 백골 옆 납작한 돌 위에 앉았다. 구탱이의 고삐를 늘어뜨려 여유를 주었다. 구탱이는 그 범위 안에서 연신 코를 박고 정상의 낮고 거칠지만 신선한 풀을 뜯어 먹는 중이었다. 언덕을 수없이 넘고 넘은 먼 곳에 도시가 있는지 저 멀리 새까만 하늘에 희미하게 빛번짐이 보였다. 상만이가 호주머니에서 오래된 폴더폰을 꺼냈다. 전화기를 열어 문자 폴더를 열었다. 그리고 1년여 동안 기계와 마음 속에 저장해 온 한 문자를 꾹 눌러 열었다.

"46"

한동안 바라보다 화면을 다시 한번 꾹 길게 눌렀다.

'삭제하시겠습니까?'

'취소, 확인'

확인란으로 손가락을 옮겼다.

"구탱아, 넌 슬픔이 보이는구나. 그래서 참을 수 있는 거야. 괜찮아? 난 이제 괜찮아."

구탱이가 풀을 뜯다 말고 고개를 들어 상만이를 물끄러미 바라보다 이내 하던 일을 계속했다.

연약한 손가락의 작은 힘만으로도 문자는 간단히 삭제됐다. 원래도 전자형태로만 존재했던 문자가 애초의 자유로운 전자가 되어 공간으로 날아갔다.

상만이에게는 술 한잔하러 일행에게 돌아간다고 했지만 그러지 못했다. 내 기억만큼 캄캄한 주위를 몇 번 돌았다. 우연히 흩어져 풀을 뜯고 있던 달이를 만났다. 어느새 도무지 시작을 모른 채 내게 드리워져 있던 방어의 장막이 아주 서서히 무대 위로 말려 올라가기 시작했다. 지난 날 니콜라를 따라 늪의 위험에서 빠져 나오듯 천천히 기억의 늪에서 벗어나고 있었다.

그 봄

　새로운 학기의 시작은 누구에게는 가슴 벅찬 새출발이겠지만 누군가에게는 가슴 답답한 고난의 시작이었다. 고등학교 1학년인 나의 내담자는 자신의 유일한 목표가 학교를 그만두는 일임을 부모와 담임선생님에게 확고히 보여주길 원했다.

　"저 정말 수학여행 못 갈 거 같아요. 선생님이 엄마한테 얘기해 주면 안 돼요?"

　"왜 가기 싫은데?"

　그때는 쉽게 꺼낸 질문이었다.

　"선생님도 똑같아요."

　'이 아이의 문제가 뭘까? 대인관계가 힘들어 새로운 친구들과 관계를 형성하는 데 어려움이 있다는 건 알겠고. 그동안 이런 식으로 다른 사람을 조정해서 자신의 어려움을 빠져나가려는 시도를 해왔을 테고, 대부분 마음 약한 부모가 결국 져주는 일이 반복되었을 것이다. 하지만 나는 그렇게 호락호락하지 않은 상담자다. 이럴 땐 다른 어른의 모델을 보여 줄 필요가 있지.'

　"샘! 정말 이대로 따라갔다가는 죽어버릴 것 같다니까요."

"내가 할 수 없는 일을 부탁하는구나. 대신 네가 무엇 때문에 수학여행을 가고 싶지 않은지 말해 주면 같이 해결할 방법을 찾아보도록 하자."

"아니 몇 번을 얘기해야 돼요? 가게 되면 버스에서 자리 잡는 것부터 시작해서 식당, 관광지에, 숙소까지 계속 누군 가랑 같이 앉거나 해야 하는데 그때마다 신경 쓰고 눈치 보고 기분이 나쁘단 말이에요. 난 그런 거 싫다고요."

내담자의 이유는 끝이 없었다. 그렇지만 내 대답은 이미 정해져 있었다.

"정말 많은 이유가 있구나. 나 같아도 그러면 가기 싫겠다. 그런데 말이다. 그런데도 불구하고 말이야 정말 딱 하나 가야 하는 이유가 있다면 그게 뭘까?"

"네? 샘, 세월 좋네요. 당장 죽겠는데 그게 다 무슨 소용이냐구요?"

녀석이 어이가 없다는 듯이 반문했다.

"그냥 상상해 보는 거야. 하나쯤은 수학여행 가서 좋은 게 있을 수 있잖아? 배 타고 제주도 간다고 했지? 왠지 낭만적으로 들리거든."

녀석이 깊은 한숨을 쉰다.

"하~ 뭐 하나쯤은…"

"그래 한 개는 있을 거야."

"아니, 그냥 안 갈래요."

이후로 상담회기 내내 대화가 다시 원점으로 돌아갔다 돌아오기를 반복하며 기싸움을 한끝에 결국 어렵게 수학여행에 같이 가겠다는 미심쩍은 다짐을 받아냈다. 평소의 나 같았으면 굳이 안 가겠다는 아이에게 정 그러면 부모님과 얘기해 보겠다고 했을 텐데 오늘은 어쩐 일인지 전혀 물러서지 않고 강경하게 대치했다. 그리고 마침내 수학여행에 가겠다는 대답을 받아냈다. 덕분에 오늘 하루 일 제대로 한 거 같다는 뿌듯함을 느꼈다.

며칠 뒤 수학여행을 떠난 녀석으로부터 문자를 받았다.

'내가 맞은 거 : 선상 불꽃놀이 환상적, 샘 맞은 거 : 덕분에 친구 생김. 암튼 쌩유.'

감사하다는 말은 상담사라는 직업을 낭만적으로 만들어 주는 마법의 언어였다. 그러나 그 문자가 마지막이 될 줄은 몰랐다.

나의 내담자는 끝내 수학여행에서 돌아오지 못하고 그날 이후 바다에 머물렀다. 내담자가 새로 사귄 친구는 그 아이가 양보한 구명조끼를 입은 채로 구조되었다. 그 친구는 생존자 명단이 크게 적힌 게시판에 그 새로운 친구의 이름이 없는 것을 확인하고는 조용히 주저앉았다. 그리고 나를 삼킨 기억의 늪이 시작되었다.

10일, 그 후…

아침에 눈을 떴다. 10년 동안 잠이 들다 말기를 오가다 깬 느낌이었다. 상만이의 잠자리는 비어 있었다. 손으로 더듬어보니 아직 따뜻한 온기가 남아있었다. 몸을 일으키는 것이 버거울 만큼 무겁게 느껴졌다. 숨어있던 기억을 불러온 것뿐 인데 기억의 무게가 그처럼 무겁다는 걸 미처 몰랐다. 김목수의 커피가 간절했지만 너무 이른 시간이었다. 억지로 몸을 움직여 텐트를 열고 나왔다. 마지막이라는 단어가 어울리지 않게 싱그런 햇살이 이른 시각과는 상관없다는 듯 쨍했다. 가슴을 펴고 크게 심호흡을 했다. 밤새 뭔가를 버리려고 그렇게 노력했는데 이제는 이 모든 것을 오래도록 기억하고 싶어졌다.

언덕 중간쯤 구탱이 곁에 웅크리고 무언가를 열심히 하고 있는 상만이가 보였다. 가까이 다가갔다. 위험하게도 구탱이 뒷발의 사정거리 내에서 꼬리를 만지고 있었다.

"뭐해?"

놀랐기만 구탱이가 흥분하지 않두록 최대한 부드럽고 조용히 물었다. 상만이가 고개를 돌려 들고 있던 물건을 들어 보였다. 생선의 가시같이 생긴 제법 큰 동물의 갈비뼈였다.

"생각보다 잘 빗겨지는데요."

상만이는 그 뼈들을 손가락사이에 끼고 빗으로 삼아 구탱이의 뭉친 꼬리를 열심히 빗겨주고 있었다. 그 빗질하는 손가락과 분위기가 문득 과거 하나의 인상적인 장면을 흐릿하게 불러냈지만 무엇인지 알 수 없었다.

구탱이가 기분이 좋은지 상만이의 빗질하는 손길을 얌전히 받아들이는 모양새다. 뭉뚝하게 뭉쳤던 꼬리를 살짝 들어 가볍게 하늘하늘 흔들었다.

"이렇게 기분 좋아하고 잘 풀릴 줄 알았으면 진즉 빗겨줄 걸 그랬어요."

어린 녀석 말투로는 어울리지 않다고 생각했다. 가까이 다가가서 보니 구탱이 꼬리의 뭉친 부분이 완전히 풀려 있었다. 내 기분마저 상쾌해지는 느낌이었다. 타고난 꼬리 모양이라고 생각했었는데 세상에 원래부터 뭉쳐있던 꼬리 같은 건 없었다.

말없이 상만이 곁에 쭈그려 앉으면서 확실히 알았다. 좀 전의 그 흐릿하게 떠오른 인상은 분명 그때 복도에서 맡았던 냄새의 주인공이었다. 거기 상만이가 있었다.

"아저씨. 그때도 가만히 지켜보고만 있어 줘서 고마웠어요."

녀석이 옅은 미소를 머금고 말했다. 언제부터 알고 있었던 것일까?

"그래. 나도 이렇게 건강하게 다시 보니 좋구나."

어느덧 반달에 가까워진 하얀 달이 마치 거꾸로 뒤집어져 정박한 배처럼 큼지막하게 새벽하늘에 닻을 드리우고 있었다.

한국에 돌아가면 다시 아내를 찾기로 결심했다. 이번에는 울고 싶으면 울 수 있을 것 같다고 생각했다. 그리고 한군데 더 가야 할 곳이 있었다. 이제는 비겁하게 의식 아래에 묻어 두지 않기로 했다.

1년 전, 그 봄 4년 후

아내의 장례 내내 나의 뒷덜미에 꽂히는 어딘지 불편한 시선들을 잘 무시해왔지만 나에게도 한숨 돌릴 시간이 필요했다. 빈소를 나와 장례식장 복도를 서성이다 한구석에 빈 벤치를 발견하고 몸을 던지듯 털썩 주저앉았다. 아내의 사망 소식을 접한 그 순간부터 나의 사고 기능은 자동 멈춤 상태로 지금까지 기계적으로 움직였다. 이제 좀 조용히 정리란 걸 하고 싶었다.

멍하니 앉아 있자니 검은 옷에 가슴에는 상장을 꽂은 초등 고학년 혹은 중학생쯤으로 보이는 남자애가 맞은편에 와 앉았다. 작은 몸집인데 나와 마찬가지로 어딘가 정신이 딴 데 가 있는 것처럼 보였다. 소중한 누군가와 영영 이별을 받아들이기에는 어린 나이였다. 그 이별의 대상이 부모라면 앞으로의 삶이 얼마나 고단할지 측은한 마음이 들었다. 하지만 곧 안심할 수 있게 되었다.

"할머니 좋은 곳으로 가셨으니까 우리가 잘 보내드리자."

아이가 고개를 들어 엄마를 보고 작게 고개를 끄덕였다. 아이의 엄마가 따라와 가만히 따뜻하게 조그마한 어깨를 안

아주었다. 아이가 삐져나온 엄마의 머리를 손가락으로 빗겨주었다. 빗질하는 모습에서 어린 아들이 오히려 엄마를 위로하는 따뜻함이 전해져 인상 깊었다. 아이의 엄마를 어디선가 본 듯한 느낌도 있었으나 거기까지가 한계였다.

"금방 들어와야 한다."

엄마의 당부에 아이가 다시 한번 고개를 끄덕였다. 하지만 이후에도 아이의 공허한 눈빛은 여전했다. 한참을 마주앉아 각자의 시간이 흘렀다. 이윽고 아이가 돌아가기 위해 자리에서 힘없이 일어났다. 순간 바지 주머니에서 휴대폰이 떨어졌다. 그 작은 소리가 복도에 크게 울렸다. 아이는 바닥에 떨어진 걸 확인하고도 별로 놀라지 않았다. 오히려 아주 천천히 그것을 주워들었다. 마치 별로 중요하지도 않고 필요하지도 않은 물건을 까맣게 잊고 있다가 우연히 발견한 것 같은 반응이었다. 힘없이 폴더폰을 열었다. 분명 아주 오랜만에 전화기를 열어보는 것임이 틀림없는 지루함이었다. 몇 번의 버튼음이 어두운 장례식장의 복도에 울렸다. 버튼음 끝에 잠시 모든 것이 멈춘 듯 정적이 흘렀다. 순간적으로 아이가 벤치 의자로 힘없이 무너졌다. 그리고 그치지 않는 울음이 시작되었다. 흐느끼는 어깨의 들썩거림과 고통의 냄새기 사방에 가득 찼다. 나에게도 익숙한 고통의 냄새였다. 자리를 뜰 수 없었다. 그렇다고 섣불리 다가갈 수도 없었다.

그저 지켜볼 뿐이었다. 아이의 소리 없는 울음이 도화선이 되었는지 그렇게도 건조했던 내 가슴에도 아픔이라는 것이 느껴졌다. 그러나 끝내 눈물은 말라 있었다.

에필로그

　무감각과 무신경으로 더 큰 아픔이 드러나는 것을 막아왔다. 그러나 모든 일에 마지막이 있듯 고통에도 끝이 있어야한다. 그때까지 조금만 더 기다릴 수 있도록 옆에서 지켜 줄누군가가 되고프다.

그 봄 5년 후

안승빈 지음

발행처·도서출판 **청어**
발행인·이영철
영　업·이동호
홍　보·천성래
기　획·남기환
편　집·방세화
디자인·이수빈 ｜ 김영은
제작부장·공병한
인　쇄·두리터

등　록·1999년 5월 3일
(제321-3210000251001999000063호)

1판 1쇄 발행·2020년 7월 20일

주소·서울특별시 서초구 남부순환로 365길 8-15 동일빌딩 2층
대표전화·586-0477
팩시밀리·0303-0942-0478

홈페이지·www.chungeobook.com
E-mail·ppi20@hanmail.net
ISBN·979-11-5860-869-9(03810)

이 도서의 국립중앙도서관 출판시도서목록(CIP)은 서지정보유통지원시스템 홈페이지
(http://seoji.nl.go.kr)와 국가자료공동목록시스템(http://www.nl.go.kr/kolisnet)에서
이용하실 수 있습니다.(CIP제어번호: CIP2020027467)